Xiron Poetry Club
磨铁读诗会

新世纪诗典

—— 第七季 ——

伊沙 编选

中国青年出版社

《新诗典》的版图(代编选者序)

伊沙

午后
在大阪驿的
一家咖啡馆里
喝着咖啡
想到一个问题
《新诗典》中
有没有写到日本
或写于日本的诗
前者想起朱剑
后者想起苏历铭
继而想到《新诗典》中
那些当代中国诗人
写世界的诗
眼前呈现出一幅
辽阔的诗国版图

2018

目录

第一辑　食色性也

002	采购员与香烟	唐欣
003	逻辑	侯马
004	我隐蔽的丑陋	西娃
006	地铁口的耍猴现场	朱剑
007	死婴	王有尾
009	工人帽	西毒何殇
010	一个失聪诗人的日常	左右
011	宠物狗	黄海兮
012	食色性也	庞琼珍
013	丧	苇欢
014	漂亮动物	维马丁
015	飞走的孩子	崔恕
016	颁奖日	全成
017	对奶奶我就没笑过	刘健
018	母子关系	王林燕
019	兰芳	刘季
020	另一条长江	桑格尔
021	擅自	刘一君
022	冬天过后是春天	叶臻

023	桑吉卓玛	马海轶
024	鸡汤	庄生
025	打架的诗人	成倍
026	买烟	小虾
027	遗产	老张
028	消失的诗	沈浩波
029	天下无敌	唐突
030	喀什	里所

第二辑　大海告诉我

032	一条在斑马线上徘徊的狗	南地
033	不痛哭的理由	龚志坚
034	看盲人作画	丁余科
035	甭急，我们都会成为航天员的	轩辕轼轲
036	少年胖子	铁心
037	雪地上的爪痕	刘溪
038	火药	于恺
039	深夜一点钟的男人	高建刚
040	祈祷	湘莲子
041	论曝背	君儿
042	一只母老虎的诞生	李勋阳
043	老母女	宋壮壮
044	寺中	艾蒿
045	橘子红了	易小倩
046	梦中的死海	吴雨伦
047	观众	蛮蛮
048	绍兴	李伟
049	角色	双子

050	大海告诉我	周瑟瑟
051	阴阳界	陈默实
052	王炸	芽子
054	世相	大九
055	父亲和我	阿煜
056	温柔	黄依
057	关于大海	于坚
059	流行	游若昕
060	嘿	江睿
061	再见	二月蓝

第三辑　电视机里的骆驼

064	华北地区大片土地盐碱化严重	邢昊
065	时间	蒋雪峰
066	4月1日这一天	张小云
067	一块金子	刘斌
068	治水	袁源
069	还魂记	高歌
070	关怀	张明宇
071	关于大地震	柏君
072	他们说地震了	谭昌永
073	兼职	王俊辉
074	食欲的产生	吴冕
075	那个下午有点惊心动魄	韩敬源
076	贵宾	江湖海
077	醒了	梦里
078	无名氏	梅花驿
079	胀奶	三个A

080	蝙蝠	海青
081	乳房	笨笨.S.K
082	幸福	瑞箫
083	六倍的痛苦	襄晨
084	二维码	麦笛
085	寒酸	东子
086	玩笑	娄缃旖
087	电视机里的骆驼	韩东
088	像说话一样写诗	图雅
089	新年的第一首诗	娜夜

第四辑　奶箭

092	重口味	白立
093	广济寺的晚课	李荼
094	别站在镜头里	王妃
095	指挥	沙凯歌
096	自由	廖兵坤
097	有一首歌	曾忠
098	母亲	陈万
099	二十多年后他们给我讲的故事	何止
100	顺着他指的方向望去	王小柠
101	一地鸡毛	降天
102	我有一朵蓝莲花	绿夭
103	打架	蒋涛
104	呸	闫永敏
105	炸弹	茗芝
106	奶箭	周鸣
107	就像住在屠宰场附近	李异

108	听一个人聊三十年前的乡村小学	卢宗保
109	一个漂亮的妈妈,在肯德基严肃地对他儿子说	马金山
110	隧道	人面鱼
111	对拜	姜二嫚
112	野菜	胡傅铭
113	端砚	吕贵品
114	蚂蚁为什么摔不死	皮旦
115	纪念日	徐江
116	长城	乌城
117	病情	天狼

第五辑　你是我所有的女性称谓

120	理想	李振羽
121	我的一周	洪君植
122	权利	邢非
123	葬礼	冈居木
124	复制人	陈铭华
125	大昭寺前的两个藏族孩子	大友
126	李桂与陈香香	刘傲夫
127	髋骨	释然
128	夏天的正午	王立君
129	连根树	岳上凤
130	麦子	樱海星梦
131	扎上师	南妍
132	大裤衩	冯桢炯
133	海	李不开
134	女诗人的长裙	郭美兰
135	一个女人的墓志铭	全京业

137	红菩提和白菩提	从容
138	感恩	庄生
139	烈日	吴少东
140	你是我所有的女性称谓	李宏伟
141	礼花腾空	刘川
142	喊冤	严力
143	清明，湖面	南人
144	木偶剧团	伊沙
146	诗运	朱剑
147	国考场上的幽灵	李勋阳
148	穿越	图雅
149	一代人	徐江

第六辑　一只粉红的鸟在飞

152	物	黄海兮
153	先辈们	艾蒿
154	我原谅了他的歉意	左右
155	气功师	君儿
156	矮个子母亲	温永琪
157	细节	李伟
158	礼拜	杨邪
159	姑父张大禄	国哥
160	一只粉红的鸟在飞	孙圣国
161	萨大姆也有春天	杜中民
162	深圳太穷了	江湖海
163	我常常听见远方的声音	阿吾
164	答辩日	苇欢
165	初冬	马金山

166	银海枣	阿樱
167	拿本小说在手上没看	光头
168	阳光和风四百块一个月	柯默默
169	抵消	普元

第七辑　止痛药方

172	台风过境	伊秋梅
173	叫唤	程向阳
174	礼物	雁鸣
175	下一秒	任旭东
176	雪人	王屹
177	螳螂	余榛
178	数星星	陌上花
179	古诗	姜二嫚
180	我学的语文有时没有用	姜馨贺
181	沙漠杀手	茗芝
182	叛徒	江睿
183	台风过境	杨渡
184	艺	沈雨涵
185	睡在云朵里	李小溪
186	军训	崔馨予
187	台风	石薇拉
188	恍惚	游若昕
189	我的光棍二叔	沈浩波
190	童年教育	西娃
191	我曾纵容了一个坏人	潘洗尘
192	死了也是最美的	庞琼珍
193	摩围山	二月蓝

194	北京地铁上遇见自己	王飞长沙
195	雾	大九
196	书	曾涵
197	奶奶的百年大计	刘刚
198	锡林塔拉草原	刘云飞
199	童话	岗上愚人
200	立秋	步云
201	命运	高金鹰
202	止痛药方	朝晖
203	阳光	逍遥子
204	在甘肃，致妻弟	鲲如
205	口罩	烟雨蒙蒙
206	与工厂诗人的短暂友谊	唐欣
207	卖金雀花的小女孩	韩敬源
208	中国足球	三个A
209	忙碌的猫	张小云
210	帕慕克的书房——遥寄奥尔罕·帕慕克	莫言
212	在CA4101航班上	张新泉
213	致普罗泰戈拉	查文瑾
214	仪式	程碧

第八辑　钢铁侠灵魂

216	雾	陈强
217	钢铁侠灵魂	吴雨伦
219	拒绝	李宏伟
220	书坛憾事	轩辕轼轲
221	自我介绍	杨艳
222	无题	苏不归

223	臧否	西毒何殇
224	塔	湘莲子
225	听力	宋壮壮
226	东福寺	里所
227	伟大的战争	马非
228	放生	王有尾
229	山羊	邢昊
230	歌声让我生长	铁心
231	中秋记事	双子
232	我出生在福田寺	蒋雪峰
234	肩胛骨	周瑟瑟
235	在贝子庙	吴少东
236	母亲的忧伤	杜思尚
237	新年献辞	尚仲敏
238	棉花匠	向以鲜
239	精神病院	西楠
240	龙活音扎巴	韩勇
241	愿望	李柳杨
242	东京都	刘斌
243	我看过最感动的一部皮影戏	李海泉
244	无题	阿煜
245	惩罚	吴冕
246	这就是时光	李琦

第九辑　美好的循环

248	在涿州	侯马
249	知果法师	从容
250	达基沙洛故乡	吉狄马加

251	历史狗	起子
252	喇叭花	刘天雨
253	小雨转中雨	袁源
254	动静	刘德稳
255	装神弄鬼	周献
256	红了	刘杰
257	龙门石窟	虎子
258	丐中典范	刘昶
259	和平奖	曾入龙
260	时差	莫沫
262	研究死人的人去世了	维马丁
263	对天发誓	沙冒智化
264	归宿	黄开兵
265	杭州城站	摆丢
266	孤僻	左秦
267	子时香	柳影江风
268	祸从口出	罗裳
269	完美主义者	吾桐紫
270	不敢相信	蛮蛮
271	不够深刻	高歌
272	放生	游连斌
273	菊花	叶臻
274	美好的循环	艾蒿
275	单身生活	左右
276	女诗人	闫永敏
277	你见过大海	轩辕轼轲

第十辑　红绿灯

280	寒衣节的前两天	徐江
281	白发	庞琼珍
282	教堂	庄生
283	果子未熟	君儿
284	红绿灯	东岳
285	吃	苇欢
286	众生	李东泽
287	乌江记事：弄潮儿	倪金才
288	爱情一解	张斌
289	夏天的颜色	曲奇饼
290	活着	才旺南杰
291	在雍和宫	沈浩波
292	面	朱剑
293	听来的一段故事	黄海兮
294	广场舞的功效	赵立宏
295	煮妇	宋雨
296	地平线	无用
297	炸药包	阿嚏
298	日本	游若昕
299	台风过后	张致臻
300	优秀快递员	陈放平
301	烟	永俊艳
302	南国	星尘小子
303	生计	马金山
304	父亲去世后的第三天	大友
305	最忘不了的	隐形鸟
306	无题	梅丹理
307	黑白照	李勋阳

308	高手	笨笨.S.K
309	男女平等	蒋彩云
310	一只羔羊	庞华

第十一辑　第七感觉服装店

312	天葬台	曲有源
313	我决定怀念他	魏晓鸥
314	无题	林紫
315	喜欢和欢喜	江睿
316	乌鸦	谯达摩
317	李贺	王含玥
318	忧伤	诺尔五萨
319	姐姐说	草木心
320	无题	沈熙雯
321	自由	从容
322	丁字裤	蒋涛
323	脚气	江湖海
324	可爱的病人	湘莲子
325	意外	易小倩
326	童工	张小云
327	一下子冒出很多人	原音
328	夜	图雅
329	无题	罗官员
330	乡村公路	高歌
331	热带雨林中河上的一个字	宋壮壮
332	尿急	陈亚美
333	家外	钟海潮
334	懒人国	琳琳

335	童话	马非
336	第七感觉服装店	唐突
338	狗年来了	周鸣
339	团圆	冈居木
340	岩兰草	里所

第十二辑　怀旧色

342	冬天的乐曲	李伟
344	1960年代的乡村	陈衍强
345	答案	洪君植
346	在慈云寺看见美女	刘季
347	失落感	刘健
348	麦穗	阿文
349	本命年	叶子
350	父亲的朋友	全京业
352	彩色记忆	李海泉
353	惊闻	普元
354	蓝	姜馨贺
355	化妆	姜二嫚
356	美好的未来	唐欣
357	不再	聂权
358	对联	蔡喜印
359	晚餐	莫渡
360	怀旧色	小麦
361	拆	海青
362	中国现象	白立
363	孟母计划	大九
364	有一年我流落街头	刘斌

365	老狗	茗芝
366	爬坡机器人	袁源
367	寻人启事	韩敬源
368	复活	杨艳
369	信任	西毒何殇
370	早	王有尾
371	羊的分身术	叶臻
372	特拉维夫超市里的恐怖瞬间	吴雨伦
373	积水潭	侯马
374	归宿	伊沙

375	**附录一** 《新世纪诗典》第七季推荐表
387	**附录二** 《新世纪诗典》第七届年度（2017）大奖与荣誉
389	**附录三** 第七届"NPC李白诗歌奖"授奖辞与受奖辞
397	**附录四** 我们的足迹：《新世纪诗典》系列诗会
403	**附录五** 《新世纪诗典》义工团队

第一辑　食色性也

丈夫床技越来越差
厨艺越来越好
我俩就像老牛肉
要一起煨烂了

——庞琼珍

采购员与香烟

唐欣

1972年　在一列火车上
有位采购员看见为外宾
准备的临时柜台　他好奇地
打听其中一种香烟的价格
旁边有个外国人笑了一下
大概是猜测他买不起吧
又或许是同情　谁知道呢
这个人的心被深深刺痛了
谁也不能小瞧中国人　不能
他毫不犹豫地掏钱买了一包
用的是相当于他几个月的工资
（正好他带着公款　先挪用了）
但他和他的家庭　接下来的日子
该怎么过呀　他含着泪点着烟
满车厢飘起莫名的香味儿

2017/03

伊沙点评：第七季开始了！按照中国诗坛文化，头条是荣誉，只是《新世纪诗典》的任何荣誉都必须由诗而出，由一位诗人的现状而出——《新诗典》[1]的现状指的是："近四个月"。唐欣，被历史遗漏的"第三代诗人"，从前口语穿越到后口语的唯一一人，越写越好，现状尤佳，他写的《采购员与香烟》，能够写"小"，能够写出那个年代独特的细节、心理、质感、味道。

---

[1]《新诗典》为《新世纪诗典》的简称，全书同。

逻辑

侯马

我在读一本传记
人们终于走出了
三年困难时期
公共食堂不办了
一些牲畜、农具、果树退赔了
各村基本上都
恢复了供销社
女人怀上了娃
一个七千人的大会开了
四清的过火行为
不时得到纠正
北大乱了一阵
但属于好人犯了错误
从六二年开始
六三年
六四年、六五年
十分艰难
但似乎往好的方向发展
我却越来越不敢
往下看了
再过一年坝就要溃了
多灾的人民
将迎来滔天的洪水

2017/02/12

伊沙点评：两年之内，侯马将自己的弱点做强，今日之侯马，已非昨日之侯马，今日之侯马，是不折不扣的大诗人！他应该感谢那些直言者（幸好其中有我），他更应该感谢他自己：人到中年敢于对自己下手者，需要有大勇气大智慧，我对他多了不止一分的尊重。过去四个月（《新诗典》所说的"现状"），他是全中国诗人中最好的。

我隐蔽的丑陋

西娃

我提着两袋蔬菜
从奥柯勒超市出来
不小心与一个棕色皮肤的男人
撞了一个满怀

我说对不起之后
他邀请我喝一杯

我的第一个反应
喝完之后
他要求我与他上床怎么办

尽管,他有深邃的眼睛和高鼻梁
身上的岩兰草味道
也是我最爱

如果他是黄色或白色人种
我确定不会这么果决地
拒绝他

我以为自己已经过了
"种族歧视关"

是的，那是我没有具体设想
与他们上床
之前

2017/02/14 墨尔本

> **伊沙点评**：好极了！我要提醒那些对先锋诗做时间线性理解的朋友：这就是先锋诗！内在的尖锐、复杂、微妙也是先锋诗的题中应有之义，还有一览无余地坦诚表达。过去的一年，西娃"红"了，在有限的大众中，在泛诗坛上，"红"对一个诗人是一种不小的考验，尤其是女诗人。她在"红"了之后还敢于这么写，了不起！"在《新诗典》磨刀，在泛诗坛割肉"是一种成功模式，只要你永远记住头一句，就会立于不败之地。

地铁口的耍猴现场

朱剑

三只猴在那一刻
瞬间进化成人
以一副我们始祖的模样
亮相场地中央

2017/03

> **伊沙点评：**"没有名作的名诗人"是中国当代诗坛的一大独特景观，在这一点上，朱剑可以踢死太多貌似比他"著名"的人物，因为《陀螺》，因为《磷火》，因为《南京大屠杀》——它们是不折不扣的业内名作，并且不止。"没有名作的名诗人"就是本诗中的猴子。

死婴

王有尾

一群十几岁的孩子
在荒草里
找到一个死婴

他们用柴火
塞到那个死婴的脚后跟
点燃后
就嘻嘻哈哈地跑了

我们几个四五岁的
被勒令不许跑
不许闭眼

眼睁睁看着
那死婴一下子坐起来
我们都被吓哭了

但没有一个人
想起来要跑

直到天黑
被大人们寻着
直到昨夜

我还在梦里
站在原地
哭

2017/02/22

伊沙点评： 同行很羡慕长安诗歌节同仁，但是，你能承受其残酷的一面吗？真到了一个没人说假话的环境里，有人是活不下去的。所以，在这里，在个人的平淡期需要忍，高峰期张狂不张狂是你自己的事。王有尾很善于在此生存，关键能做到前者，这一段赶上他的高峰期，写出本诗就是顺理成章的了。到现在，他都是一位实力大于名誉的诗人。

工人帽

西毒何殇

父亲只化疗一次
染得乌黑油亮的头发
就掉光了
给他定制的高级假发
嫌麻烦不愿意戴
妹妹干脆买了几顶
不同款式的帽子
父亲只在年轻时
戴过工人帽
好多年都不戴了
总觉得不习惯
我就一顶一顶试戴给他看
他一直不喜欢
我留短发
大概是看我戴帽子
比不戴好看
就自己也对着镜子
试戴起来
试来试去
还是选了工人帽

伊沙点评： 那些攻击口语诗的人爱用这个句式——不就是什么什么嘛！不是诗，是什么什么！我试想他们会如何攻击本诗——不就是一个细节嘛！不是诗，是细节。我的回答是：就是一个细节又怎么了，有此一个细节，什么都有了，包括你们永远把握不住的诗！但很快意识到：我高看他们了，他们如何懂"细节"？他们全然不懂！

一个失聪诗人的日常

左右

王有尾说
我的笑声
像山羊

我想起
也有人说
我说话的样子
像蜜蜂
我哭时
有时像青蛙有时像公鸡

听到这些
我高兴极了
数十年来
我一直在寻找

伊沙点评： 左右修正了我的编选理念，在他出现之前，东岳不可以老写法院，湘莲子不可以老写精神病院，在左右之后，全都放开了。貌似特殊的题材，就是他们的日常生活，生活在重复，作品当然不能重复，但可以延伸。更何况，只有左右一个失聪的诗人敢于正视这个残酷的现实，掐着这不存在的声音的脖子在写！

宠物狗

黄海兮

宠物狗
从城市流落乡间
他的大名从马克西姆·高尔基
被人叫成了卷毛

> **伊沙点评：** 本诗是《新世纪诗典》推荐的第二千二百首作品——我把这个节点上的"荣誉推荐"提前预定给了《新诗典》丛书执行主编黄海兮，以奖励他的贡献，但他这一段的创作根本不需要预定。他手头有两首过线的诗，并且不相上下，我最终选择了对中国现代诗和他本人创作更有意义的本诗。本诗有意思，貌似是语言层面上的意思，却是来自于物——来自于"事实的诗意"，单从语言上平推玩不了这么自然精彩（也是我不屑一顾的）。

食色性也

庞琼珍

丈夫床技越来越差
厨艺越来越好
我俩就像老牛肉
要一起煨烂了

2017/01/02

伊沙点评：整整两年，庞琼珍从一个很有新诗嫌疑的诗人成长为一名先锋诗人，体现出的是《新诗典》的群体氛围与价值取向。什么是先锋诗？鸡同鸭讲累死人，我这么说吧，就像本诗这样：一般人想不到、想到了又不好意思写，但它又绝非哗众取宠甚至是更加严肃的诗！你的，听明白了没有？

丧

苇欢

县城的殡葬
已是一条龙服务
黑白色的灵堂
今天设在二姨家
一样的阴阳仙镇棺
一样的出棺
哭丧队
告别
火化
一切井然有序
下葬时
这种死气沉沉的秩序
突然被打破
二姨父的坟边
野菜很靓
有几个阿姨
突然跑去挖起了野菜
没有袋子
就扯了孝布
兜上

伊沙点评：苇欢2016年1月才首次登上《新诗典》，本诗是其5.0，在五首诗之内能够造成目前的影响，靠的是诗的方向、姿态、质量，对后来者有正能量的启示。"不薄名家爱新人"是我从一开始就提出的编选方针，也会一直坚持下去，《新诗典》被诗人、读者称作"年度大典"，唯此"年度大典"每年将三分之一篇幅强行切割给从未入过典的"新人"，其他年选恐怕连我们的十分之一都做不到。

漂亮动物

维马丁

我们是动物，漂亮的动物
我们是树，漂亮的光
我们是山丘，风一样强壮
我们是动物，快乐的动物
我们是动物，可怜的动物

2017/01

> **伊沙点评**：英文中的维马丁，是直取李白诗歌奖[1]成就奖的水平，在其母语——德文中只会更高，但在中文中，是力争入典的水平，这充分说明了再好的文化积累、平台高度、诗歌意识、艺术直觉也要通过语言来呈现，他不是这个星球唯一可用中文写诗的外籍非华裔，但却是唯一一位可用中文口语写诗的外籍非华裔，既然选择了最难的口语，就要受制于环境，我发现他每次来一趟中国，中文诗就要好几分。

---

[1] 李白诗歌奖即《新世纪诗典》李白诗歌奖"也被称为"NPC李白诗歌奖"，全书同。

飞走的孩子

崔恕

我站在门外
感觉冰凉的刀
刮着我左边的胸口
我听见金属撞击
和血肉落地的声音
我听见你对医生
说了句谢谢
而我说不出口
我看到红色的孩子
扑打着翅膀
从手术室里飞走

伊沙点评：《新诗典》来到第七季，我的老友崔恕第一次入典，感觉不像个"新人"，而是老队员归队，因为他是《老诗典》诗人。2012年5月，《新诗典》系列朗诵会西外场，他以音乐人身份专程跑来义务献唱，为大家助兴——另外一位当时的献唱者洪启也已入典，有缘之人最终还是要走在一起。本诗非常好，完全是诗人的专业的诗，而不是音乐人的诗，我希望并相信他一定能够做到：做音乐人中最好的真正的诗人，这里的"诗人"不是修辞而是名词。

颁奖日

全成

今年
我把奥斯卡最佳导演奖
又颁给了希区柯克
他在我心中
已蝉联了很多年

> 伊沙点评：瞬间一念，大有名堂，对于现代诗尤其是口语诗更是如此，或者说我们玩的就是这个！此诗写到了我心里，看起来简单，说的却是现世报与永恒之间的差异。再说一个佳话：去年12月，《新诗典》济南诗会举办时，作者的身份还是提供场地的老板，如今已经走在《新诗典》诗人的队伍里，靠的是好诗。

对奶奶我就没笑过

刘健

听父母说
我很小的时候
是乡下奶奶带的
奶奶最喜欢我的笑
每次她用手指一点
我就咯咯地笑

长大了
才知道
其实对奶奶
我就没孝过

> **伊沙点评：** 在 3 月 11 日"伊五卷"首发式的现场——北京单向空间书店遇到刘健，他说他快退休了才遇到口语诗，我说不晚，永远不晚。拿本诗来说，老手已经不屑于用这个技巧了，新手却只管用，并用出了力量！

母子关系

王林燕

儿子把头埋进我怀里
嘴巴轻轻拱着我的乳房
"你是要吃奶吗?"
看我就要撩起衣服
他笑着连忙跑开

2017/02/25

伊沙点评:选稿时碰巧选出了两位女诗人写到乳房的诗,今明两天推出。同时我也联想到中国女诗人抒写乳房的历史:一开始写的是"祖国的乳房";后来把乳房当作冒犯的工具;在中国,做诗人难,做女诗人尤其难,做优秀的女诗人难上加难!今明两天,我们看到的女诗人则要健康、正常、光明多了,本诗写出了母子关系中最微妙的温暖。本主持青岛推荐。

兰芳

刘季

她的双乳被彻底切割

她跟病友说：
没有扩散，算是喜事

那双乳
喂过儿子
喂过儿子的父亲
然后是一些不知名的男人
留下的手印、唇印
现在双乳下落不明
也许喂猫喂狗

她直不起腰的后半生
连自己都喂不饱

伊沙点评： 选稿时碰巧选出了两位女诗人写到乳房的诗，昨天已推荐了王林燕，今天推荐刘季。本诗写的是乳房之殇，进而写出了一个女人的一生，充满了痛感，极具典型性。本主持青岛推荐。

另一条长江

桑格尔

在1∶10000000的地图上
长江只有63厘米
像一条线形虫
地图一折
它就不见了

> **伊沙点评：** 一首解构之作。再次说：解构有N招，不是一招。我是《车过黄河》作者，对这么写长江充满了新鲜感。又快见到江油诗人群的朋友们了，心中有种莫名的喜悦。本主持青岛至济南高铁上推荐。

擅自

刘一君

擅自喜欢人家
擅自想入非非
然后
擅自失恋

2017/04/15

> **伊沙点评：**本诗以八天打破了《新诗典》最快推荐纪录（九天）。从写作到被推荐只用了八天。原因在于我喜欢，既喜欢内容又喜欢形式，喜欢诗中的一种生活态度，喜欢由此构成的事实的诗意，喜欢文字间让人玩味的东西。

冬天过后是春天

叶臻

夫妻俩即将关门上锁
去城里打工
丈夫搬来梯子
把堂屋窗户右上方的玻璃
卸了下来
妻子会心一笑
用手指了指堂屋的房梁
梁上有一个去年的燕窝

2017/02/26

伊沙点评：叶臻是《新诗典》土生土长的实力诗人，以写重口味见长，所以此轮选稿，我读到本诗，感到很惊喜！一个编选家的专业心理：以重见长者，我希望读到你的轻；练轻功者，我希望见识你的硬功夫。我就诗选诗，又要为诗人的成长、发展、壮大提供正确的信息指引。

桑吉卓玛

马海轶

看到桑吉卓玛
先会想起一首歌
接着想起一部电影

去年才知道
同事老郭的老婆
也叫这个名字

现在看到桑吉卓玛
我首先想到老郭
接着想到他的老婆

接着想到他们
狭窄的住房,以及
糟糕而绝望的生活

> **伊沙点评**:好!不仅口语诗是三观,所有真正的诗都应该是三观,本诗中对待地域文化符号的态度是对的,但是对于老朋友马海轶的整体创作,我还是想说:警惕地方主义。我也身在西部,我太知道西部诗是只什么鸟儿,它是从哪儿飞出来的。在中国,没有经验的理论毫无价值,有些在理论上被证明是合理的东西早该死翘翘。

鸡汤

庄生

记者问科比
你为什么那么优秀
科比说
我见过纽约凌晨四点钟的样子

我在想
纽约天桥的乞丐
还见过凌晨三点的呢

伊沙点评： 如果在我的推荐语中含有批评，那我批评的一定不是我精心选出的诗，而是该诗人整体创作中存在的问题——我这么做成了不通人情世故的傻瓜，却是真正的选家、论家与诗人！庄生的写作一直存在 G 点太浅的问题，像橡皮或废话诗人，这就是他在同行中的口碑比不上《新诗典》推荐点数的原因：《新诗典》给你加分，你在日常发布中给自己减分，多总结一下自己的成功经验吧，G 点深移。

打架的诗人

成倍

我是一个诗人
喜欢写诗
也喜欢打架

只要朋友一问我
这首诗什么意思
你浪费时间写诗
意义何在
我就操刀
冲着自己砍
一边砍一边流血
一边哭喊：

不要问我
因为你不是诗人
你不会跟自己打架

> **伊沙点评：** 本诗中有道，来自作者对诗的深刻理解和理论素养，看看作者的阅历，不应感到奇怪，所以，《新诗典》的"新人"一定要打上引号，仅仅指的是初上《新诗典》的诗人，本诗来自苇欢的助攻。

买烟

小虾

每天他都来买烟
都是小心翼翼地从口袋里翻了一层又一层
才把钱掏出来

每次都很有礼貌地双手把钱递上
并面带微笑地朝我看了又看

今天他又来了　脚步比平时缓慢
没说买什么也没说不买
只是不停地朝着我瞅了又瞅

迟疑半天才蹦出一句话
"老板娘,可以借个火吗"

伊沙点评: 三个A不愧是第五届"李白诗歌奖·推荐奖"得主,他助攻来的诗,入选率极高,有时甚至可以达到百发百中,于是他成了桂军通向《新诗典》的有效的桥头堡。我刚才看到本诗作者的简介,今年才开始写,却已如此老到,诗这一行,其实是最无定律的,论资排辈不过是庸人自造的保护伞,被《新诗典》砸得粉碎。

遗产

老张

装殓师说
从你父亲已修剪得
干净整洁的指甲看
你们，不同于一般人家的子女
我说，不是的
我从小时候
就看到父亲给爷爷
一天一洗脚
两天一剪指甲

伊沙点评： 多年以前，我做文学少年的时候，听到巴金倡导"说真话"，我还不以为然：这有何难？如今我在诗中浸泡了半辈子，才知这是文学永恒的命题，尤其对于诗歌来说，从传统上说，中国的诗歌是落后的，大部分人还以为诗歌就是说假话的矫情腔，说真话难，在诗歌中说真话更难，在小处说真话尤其难，事事处处说真话难于上青天——这就是口语诗的真谛，这就是本诗的价值，本诗来自图雅的助攻。

消失的诗

沈浩波

就在刚才

我看到了一首诗

一首好诗

但它的作者并不知道它是一首好诗

甚至不知道它是一首诗

他是个平庸的诗人

现在不知道

以后也不会知道

自己曾经写过这么一首诗

一首比他一生所有其他诗都好的诗

这只是他在微信朋友圈里

说的一段话

并不是一首诗

但我看到了一首诗

一个字都不用改

分一下行就是一首诗

但他对此懵然无知

我并不打算告诉他

我觉得他不配拥有这首诗

2017/02/12

伊沙点评：同行愈加了解我读得准、听得准、选得准，殊不知我多么知道保护我的能力，《新诗典》这六年来，我已经不随便读诗，只为每月两次集中选稿时的敏锐度，只有特别信任的诗人除外，有时会忍不住瞟一眼：本诗就是如此，我早就看到了，在心中选定了，3月11日磨铁读诗会上，沈浩波未派此诗，虽有订货，未入三甲——前不久在青岛，我说你怎么不派这首呢，他说我哪知道它写得好啊——是的，本诗不是小好，是大好，它的信息量如一个巨大的蜂箱：其中有道、有术、有人，有真正的大真实与大残酷，沈浩波在尝试，虽然他不知道。

天下无敌

唐突

老来老高改掉了
好色的习惯
他爱上了手游
他把"坦克帝国"这个游戏
玩到了六十四级
英雄榜中排名第二
但他玩着玩着
六十四岁
得心梗突然死了
他的孙子说
这段时间
爷爷在"坦克帝国"
名叫"天下无敌"的基地
天天被人打
打成了废墟

2016/10/19

伊沙点评：《新世纪诗典》把一种编选常识带入到雾霾沉沉的中国诗歌界——没有保送名单，没有固定作者，你行你就上，不行就别上，你这一段行，就这一段上，你这一段不行，这一段就别上。唐突上一轮推荐是在2015年10月，迄今一年半了，这一段的缺席令他在第六季的书中掉了队，不过对于一名六十三岁的诗人来说，近六年13.0的成绩已经是老龄组最好的了。每一位诗人都按自己的节奏写，绝不强求一律，也是《新诗典》所提倡的。

喀什

里所

牌楼下几个卖旧货的
维吾尔族老人
揣着手蹲坐成一排
黑帽白髯
像几只歇脚的大鸟
尚在隆冬
老城的天空通透如冰块
散射着白色的寒光
不远处的铜匠铺叮当作响
那些挥手嬉戏的小孩
从风中飞落到屋顶的鸽子
猛地回过头来咩叫的
短尾绵羊
都按着某种神秘的旨意
铺排在巴扎之上
喀什的天空是一个巨型放大镜
这座被太阳和月亮
共同搅拌的城市
一直在漂浮着上升
如那些老者呼出的热气
如必定受难的灵魂

2017/02

伊沙点评： 五四青年节，推荐一位很有实力的青年女诗人——她是一位八五后，是青年诗人中少有的懂得修内功的一位，这与门风有关。我曾经表达过类似的意思：如果你没有灵感，那就回到故乡去，故乡会赐予你更多的东西。里所第一次上典，就是写喀什，当她又一次写到喀什时，她已经来到10.0了，故乡喀什让她拥有了与年龄、性别不相称的成熟、博大、高远、深邃。纵观《新诗典》的诗，有着多么大的方圆，多么大的信息量！

第二辑　大海告诉我

1989年8月黄岛
大火之后
我坐着轮渡登上岛
听见海豚的叫声
像海着火了
大海告诉我
它有深深的伤口

——周瑟瑟

一条在斑马线上徘徊的狗

南地

一阵大雨后
那条徘徊于斑马线上的狗
重新回到斑马线上
寻找尿味

伊沙点评： 一首写狗性的诗，人写狗性大概写的也是人性吧。江油诗人群是个很奇特的存在，既传统又现代，有一种说不清的诡异之气，真是好极了！这一定是诗仙庇护的结果，又要见到他们了，此刻我有如莲的喜悦。

不痛哭的理由

龚志坚

两头牛，在春风里交配
第一次，没有成功
第二次，在牵牛人的帮助下
完成生命的古老仪式
欢愉如此短暂，而孕育那么漫长
春天啊，请给那头哀鸣的母牛
一个不痛哭的理由

伊沙点评： 布罗茨基说中国没有诗歌传统，有人还不服，一个拥有诗歌传统的国家，怎么可能在其诗魂之乡遮蔽一大群卓有才华与实力的当代诗人？此刻我在江油，我是来向江油诗人学习的。这是怎样的生命礼赞！这是怎样独特的诗歌！

看盲人作画

丁余科

盲人戴着墨镜
打开书房的灯
在纸上画了
鸵鸟蛋、羚羊的耳朵、干涸的湖泊
蛇头、鱼鳞
和掉下悬崖的车轮

午后蝉鸣,盲人关掉灯
又画了农人的犁头、挑山工的扁担
伸懒腰的蚯蚓和屋后的炊烟

挂墙上的圆规刺痛他的右手
那滴殷红的血
成了圆点
盲人摘下眼镜
画出了太阳

> **伊沙点评：** 一看标题这诗就有了，说的还是"事实的诗意"中的"事实"，一旦确立，后面就好办了。又是一位来自李白故里江油的诗人，这里真是一块诗的厚土，藏龙卧虎，异才频出。本主持四川江油青莲推荐。

甭急,我们都会成为航天员的

轩辕轼轲

坟头
就是砸进地里
拔不出来的
返回舱

2016/12/28

> **伊沙点评:** 过去我认为一个比喻支撑不起一首诗,现在我认为完全可以,譬如本诗。所以呀,对诗不要妄下结论,不要抱着成见不放,一个人,真应该活到老、学到老、变到老,因为诗在前进,永远向前。

少年胖子

铁心

在智者乐水洗浴城
淋浴
一身赘肉的大胖男孩儿
几乎看不到阴茎了
浴池里有人议论
才不过十五六岁就胖成这样
肯定是吃肯德基麦当劳吃的

2017/04/12

伊沙点评：有的诗——往往是最高境界的诗，只能品不能评，我面对本诗，能说什么呢？假如我说：作者通过如今肥儿遍地的现象，表达了对我们这个民族的忧思——说完之后，我都想抽自己一个大嘴巴！很显然，它的信息量要比它的意义大得多。有些人，连口语诗都不会读，就开始批判了——我真想抽你们一个大嘴巴！

雪地上的爪痕

刘溪

雪地上留有

五个脚趾

一个肉垫的爪痕

老婆说会不会有狼

我说不会

现在人比狼多

再往前走

狼痕消失

换成人的足迹

从鞋印来看

像是七匹狼

2017/01/31

> 伊沙点评：本诗是4月22日长安诗歌节济南场订货作品，回到长安之后，又一场长安诗歌节上，朱剑、西毒何殇两位同仁同时向我推荐本诗，我回家一查正是本诗，真乃英雄所见略同！你们要相信，在中国诗坛上，尽管怂包遍地、骗子横行，但亦有真英雄的火眼金睛在，放胆写好诗，我们看得见！刘溪做了半生评论家，今后几年他会发现自己此生的真容：诗人！现代诗人！

火药

于恺

你是火
我是火药
后来
你是火
我是药

伊沙点评： 去年 12 月，《新诗典》济南诗会举办时，于恺以书法家的身份参加了，但没有朗诵诗作；上个月，他在济南办了一个个人书展，书写的是多位《新诗典》诗人（包括我在内）的诗作，我应邀出席，并办了一场长安诗歌节，这一回，于恺亮出本诗，被我当场订货，原因有二：一、其意深刻；二、其形式可以流传。

深夜一点钟的男人

高建刚

深夜一点钟的男人
在轮椅上
在空无一人的街上

轮椅像汽车奔驰在路中央

残缺的月亮、教堂、光秃的树木
拆迁一半的房子
和这个男人
加深了黑暗
以及道路的危险

伊沙点评："多么洋气的城市,怎么就没有诞生一个与之匹配的大诗人呢?"——这是我和沈浩波在青岛私下讨论过的话题,可以放之所有的城市:写出了贵城灵魂的大诗人有没有?他(她)是谁?在稍后举行的长安诗歌节青岛场,我们还是有所收获,本诗写出了青岛的味道,并且是一首纯正的现代诗,本诗作者高建刚也就成了《新诗典》六年多以来推荐的首位青岛诗人。

祈祷

湘莲子

在医院听多了
比教堂更多
更虔诚的
祈祷
我真觉得自己
是修女

2017/05/06/ 江油

伊沙点评：护士节，送大家一首好诗，送给所有天使般的医务工作者。此次在江油，湘莲子鸿运当头好诗井喷，除了在颁奖礼上领取了第六届"李白诗歌奖·推荐奖"，还获得磨铁读诗会江油场冠军、长安诗歌节江油场季军。听她感谢这个感谢那个，我抢白了一句：你最应该感谢我上一轮让你掉了一只轮子。我为《新诗典》不护短扬其长的健康氛围而自豪。

论曝背

君儿

教儿曝背
我说阳光会进入身体
消除你体内的暗物质
他说你一天二十四小时
都处于傻的状态

伊沙点评： 母亲节还没到，相关的诗已经刷屏。刚好我这一批订货中有三首，我们就依次推来，《新诗典》总是不同凡响。与昨日推的湘莲子一样，君儿上轮也掉了轮子，虽不像湘反弹那么大，但也回到了正常。君儿这一生，恐怕都要与自己天生的内平作战，因为不论传统诗还是现代诗，都需要尖，无尖不成诗。本诗是典型的"更年期遭遇青春期"。

一只母老虎的诞生

李勋阳

从怀胎数月
到儿子出生
媳妇肚皮上的妊娠纹
也从西瓜皮
变成了
虎纹

> **伊沙点评：** 现在，在本诗面前，有十万首关于母亲的诗，但也挡不住本诗被你记住的步伐，它会在一瞬间里钻入你心，因为它的独特，因为它的作者绰号叫"李怪怂"。这就是怪怂的巨大优势，这就是《新诗典》的不同凡响。

老母女

宋壮壮

躺在针灸床上
老太太头发花白
已经八十多岁
她说现在腿脚还利落
如果摔倒了
赶紧死掉最好
千万别瘫了
给别人添麻烦
旁边的老太太说
谁不是这么想啊
不过你去后面病房楼看看
净是小老太太
伺候老老太太

2017/03/13

> **伊沙点评**：我相信所有写给母亲或写母亲的诗都动了真情，但未必是好诗。对比本诗，差距就看出来了，人家把为母之心、母女情深也写了，但信息不这么单一，社会老龄化问题也反映了——首先是一首当代诗，也才能够是一首真正的现代诗。

寺中

艾蒿

在殿前我许不出一个愿
菩萨知道我心有悲苦

伊沙点评： 为生计艾蒿远走他乡，暂居重庆，突然离开长安诗歌节这个小氛围——这个我眼中中国最有利于现代诗创作的小氛围，他的写作势必迎接考验，好在艾蒿是特别自我的一个人。在一次选空之后，他在长安诗歌节江油场凭借本诗一举订货。这是一首绝妙的双行诗，我了解艾蒿的写作，他绝不是从语言表面"平推"出来的，他一定经历了事实然后心有所感才会写出。

橘子红了

易小倩

小时候看电视剧
《橘子红了》
看到大结局
秀禾生孩子难产的时候
我爸把我赶了出去
呵斥我说
生孩子有什么好看的
快出去
找刘云玩吧
然后他关上门
自己看
生孩子的镜头

伊沙点评：我发现对年轻人的推荐，彰显的是老人的价值观——那么好吧，刚巧我眼中最好的三位九零后诗人都在这一批被订货，我就借此彰显一下《新诗典》的价值观。有谁记得，在长安诗歌节江油场，我对易小倩的口头酷评是："你是目前唯一比吴雨伦好的九零后。"我指的是诗感。还需要说什么吗？不需要说什么了。

梦中的死海

吴雨伦

离开死海前
为了留作纪念
我打算装走一点死海水
碰巧没有别的容器
只好用一个可乐瓶

在梦中
我再次回到死海
高大的浅黄色岩石山
布满白色盐块的海岸
气泡冲上碧蓝色的海水
阳光下
泛着淡淡可乐味的清香

伊沙点评：要想上档次，那就出趟国——这是经验，吴雨伦寒假与同学结伴去了以色列，是他首次出国旅行，我坚决支持。回来之后，果不其然，诗上档次，我没有选他更有思想性与冲击力的诗作，而是选择对于中国现代诗的发展更有意义的本诗：它不是解构，不是还原，而是建构平常，在"无"中写"有"，在"有"中写"无"，在他之前我还没见过这种路数，九零后首先抵达并到位。

观众

蛮蛮

房东邻居家的老太太死了
她的家人在门前搭起蓝色
过世待客大棚
请来的乐队
在大棚口表演
主唱是一个中年男人
他面向天空　扯着嗓子吼
"我的母亲，我亲爱的老母亲……"
声音嘶哑　表情痛苦
在他就要吼不上去的时候
观众中有人
打起了飞哨

2017/01/09

伊沙点评：九零后三大诗人中的第三位，她与易小倩相似，都是天生与事实的诗意亲近，写什么都有意思，把没意思的都能写出意思来，加之天生语感好，失手率低——如此天然的诗人，一定要抓住自己的黄金时代，写出一本过硬的诗集，因为这个时期迟早都会过去，你还会与大家一样，回到拼综合素质的轨道上，就像八零后女诗人闫永敏现在所遇到的困惑与瓶颈。

绍兴

李伟

太多的故居,太多阴冷的院子
太多的方桌与太师椅
太多布满灰尘的旧木床
床上还铺着蓝花被子
被子看上去又冰又凉
被子主人早已离开,在一个世纪以前
像闪电终于挣脱了堆积的乌云

> **伊沙点评**:听说《葵》同仁要搞批判会,如果搞李伟的我赞成,他写作的重要性比《新诗典》时代以前下降了,有一种内在的保守与封闭,我觉得他应该多出去走走,可是走出去的诗跟没走一样,这一首有点不同,写出了一点绍兴的味道,但还没有完全挣脱出去。我想对1991年就开始与之通信的老李说,诗不能靠想,面对女将逼人的津门清流,老爷们儿一味靠防守已经不行,该奋起了!

角色

双子

往前走了几步
才发现父亲没跟上来
转过头
他已站在
路旁的绿化带里
我听见拉链
被解开的声音
接着是硬邦邦的土
被砸响的声音
就不能憋一会
回家解决吗
要是我
起码会躲到
那棵树的后面
真没辙
我四下打量一番
朝父亲挪了过去
顶替了
那棵树的角色

> **伊沙点评**：双子近期状态好，他在江油的两场诗会上与湘莲子的两次 PK 战虽然都落败了，但充分展现了自己的实力，他面对的是近期状况最好的诗人。还有一个有意思的现象，出生于 1989 年的双子，就明显要比九零后成熟一些，这便是数字的神秘的力量。

2017.5.22

大海告诉我

周瑟瑟

没有人告诉我
去朝鲜半岛还有多远
海豚何时冒出水面
它哭泣时嘴唇
露出弯弯的微笑
大海的婴儿
何时来与我相见
1989年8月黄岛
大火之后
我坐着轮渡登上岛
听见海豚的叫声
像海着火了
大海告诉我
它有深深的伤口

2017/04/20

伊沙点评： 周瑟瑟在自己朗诵时霸气侧漏，表明他是一个真诗人。在我看来，他给自己加分不少，减分也不少——这是由于他以为自己啥诗都能写造成的，无效的表现多了点。本诗是长安诗歌节青岛场订货作品，一首真正的好诗。

阴阳界

陈默实

以前他住在小镇

并不偏僻的

一条街上

每当镇上死了人

送葬队伍从医院出来

走到他的家门口

就停了下来

尸体和花圈装车拉走

人群解散

他觉得很不吉利

不停地在门口

张贴告示

"此处不是阴阳界"

"送葬不应到此结束"

后来他就搬家了

后来有了殡仪馆

现在这套房子还在

无人居住

2017/03/19

伊沙点评： 有人不是一直都在嚷嚷要写中国的诗吗？结果是庸俗地以为钻一钻故纸堆、玩一玩新古典就是中国了，刚好老一代汉学家又很吃这一套，中国式骗局就形成了。本诗告诉你：中国的诗，在中国人的活法里；中国的诗，不是头顶的月亮，而是身边的人。作者是"江油诗群"中的实力诗人。

王炸

芽子

一桌文化人
来店里吃饭
载歌载舞
互赠字画

酒买了些
菜没点几个
饭毕
其中一男文人来结账
问可否优惠
问可否有赠品
问可否有发票
我作答
发票用完给您优惠吧

他随即板脸说
开这么大的店
你咋能没有发票呢
你知道我是干什么的吗？
说着掏出一物件
摔在我面前
就像打牌扔出了王炸
我仔细瞧了瞧

这是我平生第一次见到此物
上面写着

记者证

伊沙点评：洪流挡不住，魅力挡不住，芽子在今年长安诗歌节颁奖盛典上出场时，诗已写成典型性纯口语了，引来全场一片欢笑，自然也引来一声"订货！"——武器换得好不好，杀伤效果说了算。我感觉少文人气多艺术气并且很懂生活的她，适合这一路。本诗写出了一个"无冕之王"的猥琐丑态，如今媒体已成弱势，其王气犹存，唉，在人民面前，谁都敢称王。

世相

大九

走江湖的人都知道
街道上
行人会让行自行车
自行车让行摩托车
摩托车让行公交车
公交车让行普通私家车
普通私家车让行出租车
出租车让行豪华车
豪华车谁也不让
行人也不例外
这也没什么说的
行人也是，什么车都可以让
就是不会让豪华车

伊沙点评： 先到者有积累的荣耀，后来者有上升的空间——这正是《新诗典》内部的活力所在，在后来者中，大九算是上得快的，因为他写的是现代诗，他的涌现改变了内蒙古多年老大难的地位，并对那里的同行富有启示性：不能让诗躺在草原上晒太阳，更多时候，它应该走在你们日常居住的城市里，如本诗。

父亲和我

阿煜

儿时的一天
父亲把我叫到他面前
问我
有没有手淫的习惯
我说没有
怎么会
我对父亲撒的这个谎
伴随我整个青春期的手淫
一直持续到今天
后来
我有时想到这件事儿
我知道
从那时起
我便失去了和一个男人
能敞开心扉聊一聊的
亲密话题
在以后的生活中
关于手淫这件事
父亲他
再也没有
向我提过

伊沙点评：阿煜首次入典是在2012年5月3日，1994年出生的他在当时是最低龄的入典者（那时零零后尚未出现），五年过去，他来到了2.0，如今游若昕都已不算最低龄，仿佛过去了一个时代。九零后诗人在1.0上流失了不少人，感觉是挺酷的一代人，但是《新诗典》更酷，以酷对酷，幸存者冷暖自知。

温柔

黄依

十年里
我唯一
能记住的温柔
是你
举起菜刀
砍向我的那一刻
把刀口
换成了刀背

> **伊沙点评**：在《新诗典》，新人比老人表现好，不是新闻，因为新人的 1 强过老人的 N。譬如本诗，几乎强过所有的老人，是第七季以来最好的诗之一，出自一位广西八零后女诗人之手，又是来自"助攻王"三个 A 的有效助攻。本诗，从形式到内容，信息含量太丰富了，剪不断理还乱。

关于大海

于坚

青岛

大海的乳房羞涩地升起
在春天下面发青
另一半还埋于深渊下
是何等的爱情在黑暗里孕育着
是怎样的光明将要动魄惊心
哦　那些从波浪里活过来的情人
已经在沙滩上走着了
为此我们留下　虚度一生

应该宽恕那个站在海边的暴君
他也看见了大海
他的脚也陷在沙滩里

跟着一只公文包般的灰背鸥
幸甚至哉　小人物此生也伟大过　在渡假区的海岸
当秋风萧瑟　洪波涌起
穿游泳衣的读者身陷海滨
等着波浪送来更黑暗的下一页
他们厌倦了那些床头书

这头灰兽拖着永不耗损的毯子在天空下走着
偶尔跟着狮群转过头来

当海鸟的灵魂变蓝

巨浪滚滚而来　有伟大的东西在它们后面
沿着海岸修建的游泳池一个一个消失了
它们怎么狂妄到敢与大海为邻？

在沙滩上拾到一枚石子
像是浪子衣襟掉下的一粒纽扣
略带海的体温

我们这些进了同一趟电梯的人
都是潜在的难兄难弟
不必在大海上　不必是那条船
唉　大家靠紧一点　这是我们的桨

德国人盖了些坚固的房子
穿过一处地下室的时候我想到
石头也可以这样使用
打造成酒窖　不只是陵墓

伊沙点评：渡尽劫波兄弟在，相逢一笑泯恩仇。我与于诗人结交甚早，起初君子之交淡如水，世纪末翻过盘峰后进入中苏蜜月期，十年前一言不和友谊的小船说翻就翻，十年后在青岛的电梯里和解。作为《新诗典》主持人，我引以为豪的是：即便在我俩交恶期，我也曾推荐过他的诗。本诗的推荐自然也与和解无关，而是它至少有三处让我心中一动。和解不会影响我实话实说：于诗人文学基本功好，在感觉和语言上有天赋，却非要用文化大概念浓妆艳抹自己，没抹到的地方就是好的。

流行

游若昕

爷爷小时候
流行放牛放羊
爸爸小时候
流行玩打仗游戏
冲啊
哒哒嘀
我们现在
流行养仓鼠
养乌龟
我们班上
男生大都养乌龟
女生大都养仓鼠
而我
既养仓鼠
也养乌龟

2017/04/15

伊沙点评：懂诗的明眼人知道，泛诗坛推的零零后是一个概念——新诗中的儿童诗；《新世纪诗典》推的零零后是一个概念——成人标准的现代诗；游若昕是一个概念——个体的天才诗。值此六一国际儿童节之际，我们请出中国儿童中无可争议的诗歌冠军来给小朋友们祝贺节日，告诉他们：爱诗的童年更美丽！本主持重庆推荐。

嘿

江睿

碰到几个
像我哥哥一样的帅哥
看了我溜旱冰
临走时
最帅的那个哥哥
用手指着我
说了句
嘿，那个女娃儿
好牛

伊沙点评： 先选出诗，后见到人。江睿小朋友来自山城重庆，其诗最可贵的地方在于：我写我自己的生活，怎么活就怎么写，怎么想就怎么写——这对于大人极难做到的事，对于一个九岁的孩子反倒容易。本主持重庆推荐。

再见

二月蓝

在水中
我无法呼吸
一条鱼游过来
对我
吐了几个泡泡
然后说
我只能帮你到
这里了

> 伊沙点评：二月蓝是位感觉型的诗人，对于这样的诗人，不需要说什么，只要她的生命有感觉，便可以一直写下去，不断出好诗。她还有可贵的一点：在语言上很懂得节制。本主持重庆推荐。

第三辑　电视机里的骆驼

我看见一只电视机里的骆驼
软绵绵地从沙地上站起。
高大的软绵绵的骆驼
刚刚在睡觉,被
灯光和人类惊扰
在安抚下又双膝跪下了。
我的心思也变得软绵绵毛茸茸的。
就像那不是一只电视机里的骆驼
而是真实的骆驼。
它当然是一只真实的骆驼。

——韩东

华北地区大片土地盐碱化严重

邢昊

据说和当年
兴修水库有关

南姚村也不例外
不但收成不好
吃水也很困难

井水又苦又咸
做饭压根儿就不用放
酱油和盐

这样一日三餐算下来
倒也省了不少的钱

伊沙点评：赛诗会现场奖起源于长安诗歌节，后被《新世纪诗典》引进，原本不是什么大奖，现在却发展成另一种大奖，试想：如果一位诗人，得奖多多，却从未获得过现场奖，同行会心悦诚服他（她）吗？邢昊是现场奖三甲的常客，仅凭这一点，便见其实力，"山西王"可不是瞎叫的。

时间

蒋雪峰

他种下一棵树
下山去背水
回来时
树已参天
寺院
改了名字

> **伊沙点评：**原本相约重庆诗会再欢聚，不料其父忽然病故而未能如愿，今日推荐，希望没有破坏雪峰兄的心境。此诗大好，一首妙作。蒋雪峰是江油诗群的领军人物，他究竟有多好，江油诗群究竟有多强，对我来说仍是个谜，我愿做这个有缘的探秘者。

4月1日这一天

张小云

忙得不可开交
还记得一如继往给每人
也给自己，发出这条信息
明天会更好

2017/04/01

> **伊沙点评：** 韩东、阿吾在重庆诗会上的强势表现向中国诗坛发出了一个信号："第三代"并未全都沦陷，其中的幸存者还是十分优秀的。张小云当属此列，本诗叫人哭笑不得——好就好在哭笑不得，效果就是好的证据。

一块金子

刘斌

出租车司机突然踩下刹车
车前
一个老头慢悠悠走过
司机伸手
把烟灰弹到窗外
说
你看他是块土疙瘩吧
撞死了
可就是块金子

2017/05

伊沙点评： 我记得刘斌是第一个抵达2.0的九零后男诗人，后来前进的脚步一下放缓了，关键是从感觉到语言老是不够到位，有一次在微信里，我偷瞄了一眼他的小说，感觉比诗写得到位，由此可见诗之难。本诗是其4.0，写的是人性恶。

治水

袁源

黄河边的小便池上
贴着大禹治水的故事
我开始尿的时候
黄河水患频仍
尧派鲧去治理
尿到一半
鲧治水失败
天帝将其击杀
我尿未尽
鲧也后继有人
大禹挺身而出
继续治水
等我尿完
禹也治好了水
他采用了疏导法
一个尿急的人
对此体会尤深

伊沙点评：似乎已形成了一个定势——袁源只参加长安诗歌节公开场的活动，每次都有令人惊喜的表现，每次都能订上货，两次与现场奖擦肩而过。在西安，他完全是一个诗坛外的诗人，却比任何一位陕西官方诗坛内的家伙写得好——这是再明显不过的现实，那些家伙还混个什么劲呢！

还魂记

高歌

那年我八岁
前院婶子上吊而死
舌头伸出老长
我一个人在家
墙角里冒出个
白衣女人
说跟我走吧
我吓得跑出堂屋
娘正在后院
晒红薯干
我呆呆地冲娘说
娘我想死
娘骂我小畜生
瞎说什么
赶紧跟我晒红薯
我的大脑
一片空白
将湿白湿白的
红薯干
一块一块
摆满大太阳
底下的后院

伊沙点评：沈浩波发明了一种淘汰赛，选对手时很有意思，有人是向其好友表达友谊而选，更多人则是想拣软柿子捏，在江油的现场，高歌似乎被当成了软柿子，我心想：挑他的人要倒霉，果然被淘汰了。真相是这样：高歌在网上随写随发时，就是给人留下软柿子的印象，但他每次出战都不弱（"南行记"我领教了），何以至此，自己反思。

关怀

张明宇

当我受到
来自外部的伤害
妻子总会
巧妙地
安排一次性爱
（即使我们还在冷战）
给我
内部的关怀

2017/04

> **伊沙点评**：一年一度的长安诗歌节颁奖盛典上的现场订货作品，记得我现场对它的评价是：这是一首很高级的诗，是活出来的诗，相信会唤起很多过来人的共鸣。值此推荐日，我想对作者进一言：名利之事，切忌急字；名利之得，取之有道；金杯银杯，不如口碑。

关于大地震

柏君

人们津津乐道的
往往是
谁家的媳妇儿
光着就跑了出来
至于村里死了的
那一百多口
很少再有人
提起

2017/03/21

伊沙点评：看了一下邮箱统计，本诗作者是在第十三次投稿时，敲开了《新诗典》的门，十三次投稿在今天，真的不算多。本诗写得非常有意思，更有意思的是：如何解读本诗？如果一味理解成批判，我自己首当其冲，在长篇小说《中国往事》中，我就是这么干的。我不愿意这么理解，我愿意理解成民族文化的差异使然。在目前的世界上，有一种政治正确就是以基督教文化的标准来要求其他文化。

他们说地震了

谭昌永

他们都说
清晨又地震了
我没感觉
昨夜睡得安稳
我知道
如果需要叫醒我
大地
应该不会
再用这种土办法

2017/04/23

伊沙点评：《新诗典》作者知道，我是半月一选稿，同题材在半月之内相碰的现象不多见很难得，放在一块推荐能够让同行与读者有个对比：看看不同的诗人如何处理同一题材。本诗是在"《新诗典》李白诗歌奖"颁奖礼朗诵会上的现场订货，每年在江油都会发现新诗人的好诗，让我觉得"江油诗群"有点深不可测。李白在天之灵照着诗人，差不了！

兼职

王俊辉

赤脚医生老李当了几年和尚
还俗了
工地上机器坏了
找他修
昨天打电话给他
他说：没空
我正在诊所修理人呢

伊沙点评：有了《新诗典》和长安诗歌节，中国的现代诗进入了另外一个时代，肯定是一个更好的时代。每当我们开办公开场时，就像搭起了一个面向社会的擂台，民间高手，纷至沓来。本诗作者便是5月4日盛典上的发现。读了本诗，你怎么舍得中国事实与中文语言的精彩而闭门抄书？

食欲的产生

吴冕

整个下午，我和朋友都没有吃饭
按照分配，我们俩每人一张饼
我吃完了我的那份
还是没有吃饱
有一个瞬间，我竟然产生了
吃掉朋友的那张饼的想法
我知道那是因为欲望
准确点说是食欲
就在刚才那个瞬间
远古世界阴暗的山洞里
我的祖先，一个猿人的
食欲穿越百万年
抵达我的大脑
指使我吃掉那张饼

> **伊沙点评**：陕西高校多，自然校园诗人多，历来如此，作为一名见证者，其中有甚规律可寻？我所看到的情况是：不先锋，无未来。所以在5月4日盛典上，听到本诗，了解到作者是长安大学在读生，我自然是很高兴的。

那个下午有点惊心动魄

韩敬源

突然想起几年前的一个下午
我手握镰刀
在竹园里砍一根竹子
准备用它干什么
我已经忘了
我想竹林里能吹奏出
笑傲江湖
真实的情况是
砍断竹子的那一刀
砍在我左手的中指上
前几天我看到这个伤疤
觉得可以写成一首诗
其中一定要写下这样的一句：
"我生活的大地需要献血来祭"
其实那个下午
一点也不惊心动魄
就是一个用镰刀砍竹子的人
一刀砍在自己的手指上
嗷嗷大叫

2017/05

伊沙点评：不好意思，我的两大门生李勋阳、韩敬源的点评越来越没法看了，前者失之于求个性，后者失之于求正确。没关系，诗好则好，评不重要。本诗好在叙述中有蜿蜒、很细腻，口语诗人打直拳的太多，打组合拳的太少，韩属于后者，值得鼓励。

贵宾

江湖海

三个人并排走进
贵宾室
走在中间的那人偏瘦
夏天穿长袖单衣
神态显得有些别样
他反剪双手
脸上浮着零星的傲气
左右两位
微胖，面色平静
中间的人说
给我点支烟吧
左边的人答
贵宾室不能抽烟
然后都无语
经过立式冷气机时
风吹起他们
上衣的下摆。我看见
中间的那人
双手扣着一副手铐
大约三秒钟
重又被上衣下摆遮住

> **伊沙点评：** 本诗不简单，需要硬功夫：观察生活，发现细节，从中发现事实的诗意，再将它恰如其分地表现出来，动静很小，恰似生活本身，于无声处听惊雷。经过这五年的勤写多写，江湖海终于迎来了荣誉的收获季：勇夺第六届"NPC 李白诗歌奖·铜诗奖"，《新诗典》重庆诗会之长安诗歌节重庆场在强手如林中进入前五，是其实力的再次验证。

醒了

梦里

昨天　我疯了

忙着给熟睡的人
讲故事
与哑巴　猜拳
为小儿麻痹　做翅膀
跳舞给盲人看
唱歌给聋子听

还给老母亲　配枪
给天国的爸爸　祭上
雌激素
给刚出生的婴儿
讲弗洛伊德

醒了
被子湿了

> **伊沙点评**：《新诗典》最终是一本一本好诗书，最开始是一个特色微专栏，我把我办了三年《文友》的经验都用上了，讲时令，自然而然地应景。譬如说，父亲节到了，我会在这一组十五首诗中看看有没有相应的题材，结果发现没有一首专门写父亲，但本诗写到了父亲，那就放在今天推荐。作者是重庆诗会上一个意外的发现，很有才华与潜力。

无名氏

梅花驿

岳父去世后
整理他的遗物
抽屉里
有一个旧的小红本本
是岳父所在的国棉三厂
家属免费洗澡证
上面贴着奶奶的照片
姓名一栏：
"无名氏"
出生年月一栏
空白

2017/01/17

伊沙点评： 面对本诗，千万别说诗又抢了小说地盘之类的话——在诗的后现代之后，这是观念落后者自我说服之言，作为公开的评语则大煞风景。另外，唯语言论者爱把诗歌写作说成"发声"，我告诉你，事实的诗意常呈"无声"状态，作者也要注意"收声"的技巧，本诗即是如此。

胀奶

三个A

孩子在哺乳期
不幸夭亡
她用剩下的奶
喂养宠物狗

> **伊沙点评：**诗中有鬼（诡），我最喜欢，许多作者已经摸到了这个规律。但我对此的认识近期又有新的提高：那些不鬼（诡）便好不了的诗人，或由于路数不宽，或由于境界有限。在重庆诗会最后时刻才订上货的三个A，便有此嫌疑。

蝙蝠

海青

已经记不清
为什么初一时
我们把教英语的男老师
叫蝙蝠
但可以确定
与那篇课文有关
蝙蝠飞到飞禽那里
不被承认是鸟类
飞到走兽那里
不被承认是兽类

伊沙点评：今年江油颁奖礼之磨铁读诗会，是淘汰赛制，可以自选对手，记得海青老被人选，那一定是被当成了软柿子，记得当时我嘟囔了一句："海青不好搞"——结果她一路杀进前四，终获殿军。就拿这首诗说吧，这种剑走偏锋的玩法，大批口语诗人（别的更说不起）连会都不会。

乳房

笨笨 .S.K

乳腺科的主任
抱怨说
乳腺科的奖金太低了
一位同事说
每年有几百万的乳房
在医院走动
只要百分之一的
留下来
你们就吃饱了

2017/05/03

> 伊沙点评：一定又会有人赞叹，狠，真狠！我无法阻止读者第一瞬间的直观评语，但我可以反对这样的评语上文字的台面，因为一旦变成文字，似乎就树了一种标准，成了一种倡导——尤其不能将"狠"当这个！把"狠"当追求的人，恐怕内心并不狠，这样的追求也会把人异化掉。对于本诗作者来说，这不过是其职业环境中的日常一幕。

幸福

瑞箫

敲敲门
里面没有动静
用力推
纹丝不动
钥匙也打不开
原来
门是要向外拉开的

2016/07/31

伊沙点评： 上个月在江油，在任洪渊作品研讨会上，瑞箫博士在发言中的一个建议遭到众人异议，她说错地方了，如果她在自己办的那个会上说，一点问题没有——这就是中国当代诗坛格局划分的真实写照，也是中国现代诗歌多元化的真实写照，自然也说明《新世纪诗典》的兼容并包——我们只需要加一个条件，质量保障下的兼容并包。幸福不好写，本诗有思路。

六倍的痛苦

襄晨

在医院门诊大楼
办理住院手续
排队时
插我前面那小子
预交了三万块
住院准备金
我原谅他
他有我六倍的痛苦

2017/03

> **伊沙点评：**本诗让我想起了我的短篇小说《蚂蚁爬过山口》的结尾，这么想多好——任何善念，哪怕是阿Q之念带来的善举，都是文明，在国民大众中不需要太复杂的大道理。每个人都按照自己的节奏行进，我们的大货司机诗人上一次推荐是在两年前，上个月他现身长安—江油"李白走廊"的活动，表现良好。

二维码

麦笛

人到盖棺时也很难定论
自己说不清楚，别人更不能
最简单的办法是，请一个匠人
把我曲折的命雕刻成二维码
算是我留给世界的最后一方印章
形状像祖屋窗棂的样子
要镂空的，百年之后
就把二维码安放在我墓碑的正中
扫墓人一眼就能扫出阴阳两维的苦
扫完码后，不忍离去的那位
估计是我的亲人，也可能
是我的仇人

伊沙点评：如此好诗，只能换得我一声大叫："订货！"——那是在5月初江油"李白诗歌奖"颁奖礼朗诵会上的一幕。写得好就是写得好，不是因为什么才写得好。如今的四川诗坛有点像广东诗坛，在台前蹦的是一批人，写得好的是另一批人，大路朝天，各走一边。

寒酸

东子

街边有两个乞丐
离得不远
一个孩子路过
他只有一块钱
把它给了衣服更破的那个
没有得到钱的乞丐
狠狠地骂了句
真他妈寒酸

伊沙点评： 与昨天推荐的诗人相同，同样来自海选加盲选，同样出生于1996年的在校男生，同样是直面底层生活的口语诗人。1996年出生，是《新诗典》九零后军团的最低龄，七年来,《新诗典》发现了八五后，进而充实了八零后军团，并且从无到有地勾勒出了中国九零后实力诗人的大体框架，目前活跃于一线的九零后诗人，一半出自《新诗典》，一半出自《诗刊》——很显然，前者是富于艺术性的更有实力的那一半。

玩笑

娄缃旖

朝鲜同学托蒙古同学给我留言
说咱俩是不可能的
请务必自重
我正在嚼着的苹果
同我一样懵了

伊沙点评：随着时代的发展，为什么抒情诗、意象诗落后了？因为它们把人与事的信息量过滤掉了，根本表现不出这个信息时代。从本诗来看，身为马来西亚华裔的作者，用诗向我们提供了多么重要的信息——而这信息与国际形势与国家关系的大格局息息相关。这才是当代诗歌的魅力！七年来，《新诗典》推荐过马来西亚华语诗人，我们还组团访问过这个国家，留下过入典的优秀诗篇。娄缃旖来自于女诗人君儿的助攻。

电视机里的骆驼

韩东

我看见一只电视机里的骆驼
软绵绵地从沙地上站起。
高大的软绵绵的骆驼
刚刚在睡觉,被
灯光和人类惊扰
在安抚下又双膝跪下了。
我的心思也变得软绵绵毛茸茸的。
就像那不是一只电视机里的骆驼
而是真实的骆驼。
它当然是一只真实的骆驼。

2015/05/31

伊沙点评:中国诗坛是个养老院,容许那些入史的诗人没有现状与新作,于是韩东在重庆诗会上的优异表现受到同行格外的尊重。他写父母的诗首首都好,但是我却选择了本诗,我始终觉得:韩东的诗对于中国现代诗的发展,开始有意义,现在仍有意义,本诗再次证明了这一点。

像说话一样写诗

图雅

夜已深
在北京的一个咖啡店里
我跟伊沙、侯马、蒋涛等聊天
侯马问徐江最近怎么样
我回答后
不知怎么说到了下面的事
我少女的时候
特想当兵
在街上我希望能被星探一样的
征兵人撞上……
伊沙说你就这样写诗多好

2017/04/12

伊沙点评： 近期以来，图雅写得很猛烈、很汹涌、很迷乱、很挣扎，但最后入典的还是让人舒服的这一首。写诗是怎么回事？不就是把一堆汉字摆放舒服嘛，那些杀敌一万自损八千的惨胜式写作，为了得到一点好需要夹带两点不适的写作，至少是不成熟不完美的，老司机如此不可宽容。但写作的道理更加复杂，也许没有那么多的不舒服，就没有这一首的舒服。

新年的第一首诗

娜夜

它是大道
也是歧途

它不是哥特式教堂轰鸣的钟声
是里面的忏悔

仅仅一个足尖　停顿
或者旋转
不会是整个舞台

它怎么可能是谎言的宫殿而不是
真相的砖瓦
和雪霜

它是饥饿
也是打着饱嗝　涉及灵魂时
都带着肉体

是我驯养的　缺少野性和蛮力
像我的某种坐姿

装满水的筛子

> **伊沙点评**：如果中国的诗人和读者不都像安琪那么糊涂（诗上糊涂姐），都认为只要写顺溜了就是口语诗，写不顺溜就是抒情诗和意象诗，那么你们就会认识到《新诗典》绝非口语诗典。不会有人糊涂地以为娜夜是口语诗人吧（本诗写得蛮顺溜）？毫无疑问，这是一首意象诗，既然是意象诗，我就要看你意象营建得如何，有"满装水的筛子"（这巨大的张力）足够了！

第四辑　奶箭

那些纯白的奶水
像离弦的箭一样
"嗞嗞嗞"地
射进奶桶
我确实听到了
尘世间
最甜美的射击声

——周鸣

重口味

白立

少年时代
反复看一部家喻户晓的电影
《闪闪的红星》
对革命充满憧憬
十分向往当剧中的主人公
小红军潘冬子

潘的爷爷说过一句话让我铭记在心:
人不吃盐就没有劲儿。
于是我每天无论吃什么饭
都要多加半勺子盐
想恶补自己单薄的身板
尽管时常口感极差难以下咽

荒唐的信任
没能让我身强力壮
倒是落下了一个坏毛病:
重口味

伊沙点评:别看如今口语诗人众多,但能耍得起来的却并不多,能够耍得起来者要过后现代这一关,白立便是其中之一。今天上午看到某过气的知识分子诗人还在以 1980 年代启蒙主义的心态谈论后现代主义,妄图抹杀其在中国文学艺术创造中所起到的重大作用,谈论芝麻,是因为西瓜抱在别人的怀中。

广济寺的晚课

李荼

3点37分到达广济寺
广济寺的晚课下午3点30分开始
我火一样想冲进大殿
却被殿外主持活动的女人拦住了
"你不能进去"
"为什么"
"你穿的衣服不对"
"裙子,白色的,不行吗"
"不行,上晚课不能穿裙子"
"但是她们进去了,一个蓝色,一个白色"我指着两个穿裙子的女人
"她们交钱了,每人1000元"

伊沙点评:中国最怪的女诗人李荼本来最想写的是装神弄鬼的诗,但是她发现:写这种诗连日常写作都满足不了,搞得自己也神神儿的,在微信上像个大家都欠她几吊钱的怨妇,于是她被迫让位给生活,于是她便写出了这首对装神弄鬼的小颠覆——是人的生活修正了她的鬼诗,是不是这样啊?我应该求证于李荼本人,但我深知:即便我说得对(十有八九),她也不会好好回答,因为她是拧巴姐。

别站在镜头里

王妃

母亲在门前菜地里拔草
柴门敞开着,铜环油亮
对联依然喜人
桃花和梨花开得正艳
黑狗豹子在太阳地里睡觉
花瓣无声,落在它小小背脊上

不远处,父亲着青色的旧衣
荷锄从田野的深处走来
麦苗像绿地毯,油菜花金黄
蜂群喧嚷,横冲直撞
父亲偏头躲闪,他咳嗽了几声

豹子那黑色的闪电,多美
母亲抬袖蹭汗的动作,多美
柴门老而弥坚,铜环油亮
父亲站在树下抽烟
桃花和梨花有开有落,多美……

2017/04/18

伊沙点评:让一个口语诗人来做《新诗典》主持人,真累!明明口语诗只占入典诗的五分之一,他们却一厢情愿地认定这是口语诗典,他们将稍微口语化的诗全部纳入口语诗,而口语化是所有诗的大趋势。譬如此刻,面对本诗,你需要告诉他们:这不是一首口语诗,是一首语言上轻微口语化的抒情诗,作者王妃也从来不是一个口语诗人,是一个有点新古典意味的抒情诗人。

指挥

沙凯歌

防城港最壮观的
北部湾大道
是填海填出来的
早几年，导航仪没升级时
车一上路
它就大叫：
前面有海
前面有海
前面有海

2017/02/28

> **伊沙点评：** 从本诗的写作看，沙凯歌就像一个功底并不扎实深厚的摄影师，拍照时立足点选得并不准确，端相机的手还有点发抖，但是她拍到了。事实的诗意一旦抓住，可以允许光圈对不准——伟大的战地记者卡帕就是如此，暗通诗理。

自由

廖兵坤

父亲的工友
现在
是一个
高度自由的人
双手
双眼
全都寄居别处

2016/07/17

伊沙点评：在我记忆中有三个廖兵坤——2014年，长安诗歌节到陕师大办诗会，所有登台朗诵的女生都读一个人的诗，那便是作为校园诗星的廖兵坤，是个校园级新诗写作者；2015年，以《保持身份》初登《新诗典》的廖兵坤，刚刚找到口语诗的诀窍；2017年，《新世纪诗典》重庆诗会上的廖兵坤，已经是一位颇具实力的九零后诗人了，到此可以说，他把李岩、唐欣、马非为代表的陕师大香火续上了。

有一首歌

曾忠

当我会唱《世上只有妈妈好》时
爸爸已离开多年
我想改歌词都来不及
但这歌也从未唱给妈妈听

2017/06/18

伊沙点评：《新诗典》升级的唯一依据就是写出新的好诗，曾忠今年2月初上典，也并未在哪场诗会（那是可以放大自己的地方）露面，时隔半年不到，迎来了自己的2.0，本诗寥寥数语，却将感情写得真写得细。

母亲

陈万

她只上过小学三年级
每次我发朋友圈的东西
她都转
还在后面留言:
好诗!加个大拇指
让所有人都觉得
我背后
有个厉害的诗人

伊沙点评: 我感觉最近九零后诗人蜂拥而出,又一个出人的高潮期到来了。诚如我和沈浩波在重庆判断的那样:中国诗坛三分天下:民间、官方、学院。九零后诗人也是各走其路。《新诗典》当然是以民间为本,兼及其他,好诗是举。本诗作者来自九零后诗人李海泉的助攻,本诗在老题材上写出了新意思。

二十多年后他们给我讲的故事

何止

八十年代末期
刘富才同志正和
王秀丽同志闹着离婚
在拖车厂家属院门口
他们敞开胸怀迎风而立
互相问候着操你妈
王秀丽说，刘富才
你个没良心的玩意
老娘给你们家当牛做马
任劳任怨了大半辈子
你们家有给过我什么吗
刘富才说，王秀丽
你少他妈睁着眼睛说瞎话
当年你生老大的时候
我妈不是给了你
二斤油吗

2017/04/04

伊沙点评：在我年轻的时候，遇到过贵人，但没有遇到伊沙——没有遇到过一个能够在大局上主持公道又能够说过我内在才华的一个"金哨"加"国嘴"。譬如对于本诗作者何止，伊沙就会说：能够写出自己不曾经历的时代的生活，又能写出质感与滋味，就是才华的证明。依然是来自李海泉的助攻，听说还是沈浩波诗歌班的学员。

顺着他指的方向望去

王小拧

我绕过青草葱茏的坟墓
徐光启的雕像就站在背面
他一手按着大炮　一手指向远方
顺着他指的方向望去
我看见
大炮正对着
十字架

伊沙点评：继续九零后，来个女诗人。每一代人，都不会是上一代人的简单复制，也不会是彻底颠覆，在此两个极端上希望的人落了空。九零后既有与往代人的不同，但也毕竟还是中国人，本诗对于事实的诗意的发现很有意思。

一地鸡毛

降天

李雪莲把我教育了一番
在我给她送腊肉之际
她义正词严地告诉我:
你这是在行贿!

> 伊沙点评:本诗来自自由来稿,属于我说的海选加盲选,诗非常有味道:老腊肉的味道、中国文化的味道——味道是诗的最高境界。令我更感高兴的是:就在刚才,我下载了作者简介才知:作者竟然出生于1998年,刷新了《新诗典》九零后诗人的低龄纪录。

我有一朵蓝莲花

绿天

没有一种恨会永久

这正如一朵莲花

不可避免

会凋谢

当王莲花

加了我的 QQ

在虚拟的世界里

教我喂养一种藤蔓的植物

我真的已忘记

在那个特殊的年代

她的祖父

曾割去我祖父双耳这件事

2017/05/12

伊沙点评: 斯人升天,留下遗训。刚巧在这一组推荐诗中有这么一首,特在此推荐给大家,我想向其在天之灵,也向世界表明,中国的当代诗歌此境相差不远——而这是最令人欣慰、感奋、鼓舞的事,斯人已去,诗人前行!

打架

蒋涛

说好
脱了衣服打架
可他脱下衣服裤子后
跳进旁边的泥塘里
我转身就跑
我不能和大地
过不去啊

2017/06/09

伊沙点评：蒋涛从一个参会积极分子变成了消极避会者，其核心因素就是诗的状态不好（上一轮还掉了轮子），这就是《新诗典》新文化：诗不好都不好意思露脸——这种新文化与中国诗坛旧文化形成了多大的反差！所以在《新诗典》绝不可能诞生交际花、交际草、职业会虫。好了，因为本诗，他又可以复出了，本诗好在哪里？好玩就是好，有人一辈子不会懂。

呸

闫永敏

女同事以为例假来了
第二天发现不是
感叹说
这跟打麻将真像
竟然也会诈和
我听了大笑
告诉她这是诗
她本来低着头
现在抬起头看着我
呸

伊沙点评：地气对于闫永敏是致命的，如果她借到了地气，她就是超好的诗人；如果她借不到地气，她就是一般的诗人。原籍河北现居天津的闫永敏应该对诗歌意识长期比较落后的河北诗人更有启发，但是他们视而不见浑然不觉。

炸弹

茗芝

爸爸看见草地上
有个别致的水壶
想去捡起来
我说不能捡
可能是个炸弹
专炸有好奇心的人

2017/04

伊沙点评：《新诗典》之零零后小诗人群，有点像中国科大曾有的少年班，早熟早慧而不落于传统新诗的窠臼。在选诗之外，我很看重他们的自然成长，听说茗芝是以哈佛为目标的，我很欣慰。本诗意味颇深：时代的阴影已经投入孩子的心灵。

奶箭

周鸣

我看过奶牛场里
人工挤奶的情景
几个挤奶工
各自蹲在牛肚边
伸手熟练地挤奶
那些纯白的奶水
像离弦的箭一样
"嗞嗞嗞"地
射进奶桶
我确实听到了
尘世间
最甜美的射击声

伊沙点评：祝贺周鸣！这不是一般的入典，这是光荣地入典！因为"奶箭"这个意象是世界级的，所以本诗就是世界级的，本诗也是第七季以来推荐的最佳诗作之一。庞德大师教导我们：写好每一行！他是意象派大师，一定包含了这个意思：写好每一个意象！至于为什么是口语诗人老贡献漂亮的意象，在《新诗典》早已不是新闻，各种原因，值得深思。

就像住在屠宰场附近

李异

对面楼的婴儿声
总是在午夜
把我哭醒

伊沙点评：这是《新世纪诗典》推荐的第二千三百首诗，我将节点上的"荣誉推荐"留给为《新诗典》的美术化做出过重大贡献的诗人李异。本诗是一首从意象与口语各自的逻辑上都可以读通的作品，也许诗的最高境界正在"众神合一"。李异的问题我在重庆讲话中说得很多了，重庆讲话似乎本来就是因说他而起，在此还想说一句：总觉得李异写得很苦，是从内到外没有过日常写作这一关造成的。

听一个人聊三十年前的乡村小学

卢宗保

校工每次
清理厕所时
都会扫出
一堆小石头
上厕所
使用石头
这让小城来的
校长
哭笑不得
之后每次
开全校大会
他都会就此
告诫学生们
说这事
要是传到国外去
会让外国人
笑死
每讲到这
学生们会
哄堂大笑

伊沙点评： 卢宗保似乎也形成了自己的节奏———年出一首好诗，既不多出，也不少出，一年能出一首真正的好诗，就是好诗人。每个人按照自己的节奏写，不要攀比同行，这种健康的心态肯定更有利于自身写作。本诗又是《新诗典》蔚为大观的"中国记忆"。本主持韩国首尔推荐。

一个漂亮的妈妈,在肯德基严肃地对他儿子说

马金山

考到前三名
出境七天游
考到前六名
国内游三天
考到前九名
本城玩一天
考到第十名
哪都别想去

放心吧!妈妈
考不到前九名,我去死

> **伊沙点评**:与卢宗保相似,马金山是八零后诗人,也是一年出一首好诗的节奏。本诗让人读来哭笑不得,中国的现实,荒诞得已经合情合理,对分数与名次的过分追求,伤害了多少孩子的身心?本主持韩国首尔推荐。

隧道

人面鱼

公交车驶进
一个隧道
车厢突然一黑
我看见一个人
手里的手机
光线迷人

看手机的人
只觉得屏幕
突然刺眼
不由自主
眨了一下眼
车已驶出隧道

我看见
一只萤火虫
从他屏幕里
飞了出去

伊沙点评：人面鱼只要写，就能写得不错，只可惜出手太少。这种写作状态的朋友，需要明白一个道理：写得少有时候就等于写得差，因为你同样没有得分。希望人面鱼以重庆诗会为新起点，从此写得多起来。本主持韩国首尔推荐。

对拜

姜二嫚

我和丁可谦
立下八拜结交
结为生死姐妹
可是
我们不知道该如何拜
结果拜成了
夫妻对拜

伊沙点评：这是第七季以来最让我开心的作品之一，我相信每个少女都是这么可爱，都是天生的事实的诗意，只有表现出和表现不出的区别，那我就想问问了：什么语表现得出？什么语表现不出？你懂的，别装作不懂。本主持北京至天津途中推荐。

野菜

胡傅铭

菜市场
老百姓都说
野菜
比家菜好卖
以前是猪吃的
现在
人特别爱吃

伊沙点评： 刚在天津滨海诗会上谈到这个话题——空前绝后的六零后诗人，实在是史上最强一代人。下岗那么多，钉子户还剩那么多，重新上岗还有那么多，甚至还有在快退休的年龄初上岗的，这一代人的价值观早在上世纪1980年代就打成铁炼成钢了，雷打不动。本诗作者显然属于此列，是我在自由来稿中发现的，《新诗典》中的这代人还在悄悄壮大、生长。

端砚

吕贵品

那一天我岳父突然倒地
走了
走进鲜花丛里和鲜花一同微笑
笑容飘起春风吹拂着清明

走之前岳父在一块端砚上研墨
他幽默地说：我把自己研成骨灰
在废报纸上写下一个"寿"字

这是岳父珍爱的一方端砚
如一叶小舟从清朝漂泊至今
岳父用一杆毛笔撑出一个宁静致远
顺风顺水消逝在雾里

夜里岳父房间又传来研墨声音
这让我想起岳父刚刚去世
还有身影在灯下摇曳
还有人在那一方端砚上研墨练笔

2014/04/23

伊沙点评：本诗作者恐怕八零以后的诗人已经不知道他，但却是上世纪八零年代的重要诗人，他是吉林大学七子星诗社成员，与王小妮、徐敬亚并称"三驾马车"，属于朦胧诗与第三代过渡的一代人，也是《新世纪诗典》的作者。在我印象中，久疏战阵的他近来突然井喷，我在微博上约了，未见来稿，本诗是来自于广东诗人赵俊杰的助攻，写得情深而又中国。

蚂蚁为什么摔不死

皮旦

能掐死蚂蚁

摁死蚂蚁

如果特别用心

也可以

踩死蚂蚁

可我从没听说过

能摔死蚂蚁

我试过

确实摔不死

无论怎样摔

无论从多高的地方

往下摔

都摔不死

蚂蚁为什么

摔不死呢

我得承认

我也不知道

伊沙点评：推荐垃圾派诗人，是一件自找麻烦的事情：你推荐其中一个，所有人都认为跟他们有关，认为这是集体的事情，人皆有份，没被推荐的就开始骂你，他们骂起人来耐力十足，可以延续很久。今天我推荐了他们的领袖，估计又捅了马蜂窝，我在此声明：我推荐的是诗人皮旦，与你们无关。其实皮旦是个文人，其诗非但不垃圾，反而文化的拉杂感过重，本诗写得干净而好。

纪念日

徐江

我花了一千天
稀释一杯血水
又用了将近一万天
把它做成熬夜的咖啡

伊沙点评：天津诗会有三场，徐江有三首诗被订货，由于分布在不同场次，未能使其获得现场奖，但却稳稳守住了满额推荐的殊荣。第七季第一轮将尽，满额推荐者仅剩"五虎上将"。本诗是这三首中最好的一首，好在超越，它肯定不是为建军节而写，但却完全适合放在建军节来推荐。

长城

乌城

我的第一台电脑
是长城牌的
很多年前就被淘汰
当废品卖了
当年的长城电脑专卖店
也已经不存在
我依然记得
专卖店的老板
一个西装笔挺的老头
后来我越看越觉得
他长得像翻译官
在我去店里维修电脑时
他问我
你们东北人是不是
特别怀念日本人

伊沙点评：乌城是《新诗典》土生土长的诗人，即便如此，初次经历出国拉练式诗会的他也低估了比赛的艰苦激烈程度，准备不足，现场写的能力又不够，所以在韩国未订货，本诗是回到天津订上的。但很可能此次出国是他更上一层楼的契机，前有李振羽的例子。本诗巧妙地写出了一种微妙的国人心态。

病情

天狼

我们去医院看刘姐
她本来都能下床走动了
可一见我们
还是躺回床上
盖上被子
才谈起她的病情

> **伊沙点评**：天狼在天津诗会上也是"一首过"，我感觉他正努力地想从一个风格化的诗人（矿工代言人）蜕变成一位实力诗人，只是这个过程比想象中的艰苦和漫长。本诗属于揭露人性的作品，这种作品的风险在于弄不好会把自己搭进去：你在讥讽别人的同时表现出了你的刻薄，所以分寸一定要把握好，把握不好就是杀敌一万自损八千。

第五辑　你是我所有的女性称谓

是妈妈，是女儿，是姐姐，是妹妹
是女教师，女护士，女指挥官，女收银员
是泛称的女人和女孩，是特指的爱人和路人
是均衡的波浪，是暴动的火舌
是我的声母，是我的韵母
是我所有的女性称谓

——李宏伟

理想

李振羽

一瓣瓣碎玉扎进心底

伊沙点评：天津诗会一大亮点是——李振羽闭关修炼一年半，出山便夺葵·颁奖礼朗诵会亚军。本诗是李振羽的7.0，头几年他一直是搭末班车上典，还掉过书，2014年在江油被我当面痛批，2016年"南行记"奇迹般地进了一站三甲（在马来西亚），然后便是脱胎换骨地这一次，五首过关，一项亚军，所念无一庸作。本诗是他这一段闭门修炼的结晶，如此标题，很不好写，难度很大，内功不足不可成，可喜可贺！

我的一周

洪君植

在纽约信仰上帝是一种奢侈
早晨五点半起床，插电饭锅
洗澡
学一个多小时英语
囫囵吞枣地扒几口饭
边跑边走赶公交换地铁
到公司已经是九点
一直到晚七点马不停蹄地做工
回到家晚间新闻已播一半
在床上跟老婆讲几句话
不知不觉地进入梦乡
做爱是什么滋味
早已忘得一干二净
星期一到星期六风雨不改的日程
星期天，上帝又想见我
堆积如山的要洗的衣服和要看的书
瞪大眼等着你
还真的不能管它们
一定要去教堂做礼拜
把不是自己的自己交给上帝
为了满足可怜的欲望
轮回一个伟大的奢侈
哈利路亚

伊沙点评： 洪君植犯过一次低级错误（不知为何鬼迷心窍），但他的创作才华是显而易见的，甚至有点深不可测。在《新诗典》第二次韩国行的两次诗会中，他一个冠军、一个亚军，总成绩最佳。他对生活、生命、语言的感觉天生的好，现在唯一需要注意的是要有"炼句"意识，在海外——中文圈以外居住的中文诗人尤其不能忘记这一点。

权利

邢非

今年以来
为两名不认识的人
投票
得到了两支笔
后来，陆续
又为三名认识的人
投票
得到三支笔
这可不是我顺手牵羊
是入场的时候
工作人员微笑着
发给我的

> **伊沙点评**：邢非属于《新诗典》中的老爷车，创典初年——2011年就上典了，今天才达到4.0，他上典的节奏是两年一次，逢奇数年上：2011、2013、2015、2017，凭其实力（他进过现场奖三甲，这次天津诗会之《新诗典》朗诵会是殿军），不该这么少，但是老人家——老爷车愿意！《新诗典》海纳百川，什么人都要有，包括真正慢（而不是标榜慢）的人。

葬礼

冈居木

通往火葬场的德陵大道上
农民晾晒
新收割的麦子
为送葬的车辆铺上了
黄金地毯

> **伊沙点评：**这是一首中国风的世界级的佳作，如果天津诗会评一项最佳诗作奖，我会选它。还是那句话：好意象都让口语诗人创造了，意象诗人不着急吗？但是在中国，谁是意象诗人？意象诗人早就自甘堕落为杂语诗人，哪里还有好意象可以创造出来？还有根本的一点，庞德所谓"意象诗"，也许本来就更接近于中国口语诗。

复制人

陈铭华

沿着细细呻吟的胴体我摸到,藏于毛发间的一颗小按钮,使用书上说"长按三秒,死去活来"

> **伊沙点评:** 又是一首世界级的佳作!一首具有未来性的散文诗佳作!陈铭华凭借三首高质量的散文诗,一举夺取今夏长安诗歌节首尔场冠军,同时他还在首尔领取了第二届"亚洲诗人奖·海外诗人奖"。本诗所携带的显而易见的美国气质,也不负他定居了三十八年的国家。至于现代散文诗的要诀与真谛,近来我恍然大悟,不更是"事实的诗意"嘛!

大昭寺前的两个藏族孩子

大友

剪刀石头布
三局两胜
谁输谁买冰棒
输了的一个耍赖
另一个追赶他
跑了几圈
两个孩子
突然停下来
双手举过头顶
对着金身佛
匍匐
跪拜

伊沙点评：我总是容易把《新诗典》新发现的诗人想得年龄过小，通过天津诗会近距离接触才知大友是六零后，老刑警，提着脑袋已经为金陵人民生命财产的安全贡献了半生，诗龄却才两年——这是一个新现象，多发生于六零后，中年以后才开写，一写却很到位，又一次充实了这代人的整体实力，并再度向世界宣示：这恐怕是空前绝后的神奇一代。本诗属于典型性后口语诗，动静很小，一个细节见真章。

李桂与陈香香

刘傲夫

为婚宴准备的
一场水库炸鱼
李桂炸飞了
自己左臂
也炸跑了
陈香香这个人

陈香香嫁到外地
李桂没有哭
他用毛笔
将"李桂"和"陈香香"
工工整整地
写在了两家
并排的电表上

> **伊沙点评**：在我印象中，刘傲夫是诗江湖号列车上的旅客又搭乘上《新诗典》号的最后一人，他是幸运的，也是珍惜的。但我觉得这份珍惜不能只停留在态度上，而要深入到写作内部去。我感觉他的写作存在这样的问题（在一部分《新诗典》诗人中普遍存在）：平时老是煮稀饭，偶尔熬过了，成了干饭，譬如本诗，他应该平时就煮干饭才对。至于本诗，在这首诗里看不出情字的人——我指的是那些看不惯口语诗的人——你们就不要写诗了！

髋骨

释然

她把手
放在那里
记得几年前
有人在她耳边说
那里像把刀
冰凉，尖利
现在她仔细抚摸
再也没有刀的感觉了
圆润的小腹
消磨了它的锐利
变得
玉一样的光滑
她渴望有人
赞美它

> **伊沙点评：** 这位女诗人的身体感觉、生命感觉、生活感觉都很好，写作也处于好状态：感情饱满、疏密得当。但我不知从哪里得出了一个"手高眼低"的印象，如果是真的，现在没问题，但未来上不去。有则改之，无则加勉吧。

夏天的正午

王立君

树荫下
躲着开放的花朵
和一个长头发帅乞丐

伊沙点评：在天津诗会现场，当作者朗诵出"帅乞丐"三个字的时候，我的心里咯噔一下，顿时一片潮湿，感动了片刻，方才喊出一声："订货！"一个诗人，有没有爱，他（她）的世界观如何，别听其在诗外讲什么，全看其诗的字里行间，读这样的诗，你会觉得人间很美好、人类很美好、诗人更美好、诗歌最美好！

连根树

岳上风

村头连根并生的两棵树
有人在它们中间
挖了一个坑
再拿两张旧草席
绕树一挡
就成了一座公共厕所
过了两年多
左边的那棵树萎死
另一棵却长得
更加茂盛

> 伊沙点评：今年的重庆两江诗会、天津滨海诗会，规格空前之高，在后者召开期间，涌现了两匹黑马——今天，我推荐其中的一匹。岳上风出席了去年冬天的济南诗会，会上并未订上货，会后投我方才入选，今番在天津，表现极其强劲，勇夺其中一场亚军，士别半年当刮目相看！《新诗典》是显微镜，诗人有多大的进步，这里就有多大的推助。

麦子

樱海星梦

雨下了半个月
人们在泥浆里拔麦子
不远处,泥泞路上纸幡飘飘
一个叫叶儿的女知青死了
不知谁给马车拉的棺木上
插了一把发芽的麦穗
湿漉漉颤巍巍的
在她头顶晃动

所有拔麦子的人直起腰,举着
沾满泥水的麦子,久久
没有放下

伊沙点评:没有黑马杀出的诗会不是好诗会,话说天津诗会杀出了两匹黑马,今天介绍另一匹:她以非《新诗典》诗人的身份,在残酷的淘汰赛制中,一举杀入《新诗典》诗会的决赛,终获亚军。听说是退休的芳龄、伊蕾同时代的老诗人,她在本诗中,用俄罗斯油画的笔触书写知青岁月,似乎是个很有故事的人,就让其诗告诉我们吧。她的被发现,又一次加强了津门娘子军的强大实力。

扎上师

南妍

藏地的扎上师法务繁忙
扎西岭那个地方,手机又没信号
打电话,经常联系不上
到了有信号的地方
他会来个短信:
对不起,我现在不在寺庙
过几天,回寺庙后给您打电话

有一次,刚吃好晚饭
扎上师来了条短信:
南老师,现在
您有时间,我们可以打电话
或您何时有时间,我打电话给您
我立马打电话
他在电话里大笑,还叫我老师

伊沙点评: 与天津滨海诗会前后脚举行的韩国首尔诗会,一样有黑马杀出:南妍女士是以中韩语翻译家的身份到韩国领取"亚洲诗人奖·翻译奖"的,诗会上念不念诗都还有犹豫,一念却很好,被当场订货。本诗属于类宗教写作,《新诗典》诗人在这个题材上可是大大地突破了,突破了原先的教义阐释与浅薄情怀,又不是用文化观念反其道而行之,而是把它拉回到人间、人性、人味中来,留下了许多可爱的诗篇,本诗便是新添的一例。

大裤衩

冯桢炯

妻昨天来电说
你常年在外
做贼的专挑没男人在家的
我要把你的大裤衩
晾到阳台去

2017/07

伊沙点评：冯桢炯不算黑马，去韩国开会前，我瞄了一眼他的诗，感觉能够订上货，结果到了韩国他表现差了一点，未能如愿——选诗的问题，回来之后发我一组，我便从中选出了本诗，这是一首可以进课堂的杰作，在历代诗歌如何写亲情的主题下，它代表具有浓郁中国本土性的后口语。近距离接触冯，感觉世事洞明人情练达经历奇特的他很适合口语诗。

海

李不开

帆是刀笔
浪是铁拳

这座坟墓
竟日竟夜闹鬼

> **伊沙点评**：我把自己隐藏得好，几乎无人看出我是个潜在的"技巧控"，这就是知识分子、学院派蒙不住我的因素之一。譬如本诗，明显是一首修辞写作玩技巧的，那咱们就技巧论技巧，就修辞论修辞：本诗用了三个明喻——刀笔、铁拳、坟墓，个个用得新颖、奇特、有力，这就够了，全都有了——过！

女诗人的长裙

郭美兰

第一天见到典诗团成员
发现
安琪、图雅、君儿
还有岩子老师
齐刷刷地穿着长裙
让我联想到女作家三毛

第二天见到她们
又是齐刷刷的
各种颜色的长裙
我在想
我要不要去买一条长裙

伊沙点评： 郭美兰是在韩国诗会后杀出的一匹黑马。与南妍一样，郭美兰也是以中韩语翻译家的身份来领"亚洲诗人奖·翻译奖"的（她已定居首尔），诗会上甚至未念诗，会散后却一下写起来，一写却很到位。口语诗要写得有意思，它会与有意思的人不期而遇一见如故。不是"有意义"，不是"有意味"，就是"有意思"。郭女士的形象也符合沈浩波理论：长了一副好诗人的样子。

一个女人的墓志铭

全京业

一双鲜红的

高跟鞋

飞快地前后交替

到我面前　停下

一只站着

一只脚尖　支着地

一双鲜红的

高跟鞋

站在柜台前

一只着地

一只脚尖

支着地　向着我

轻轻地晃着

一双鲜红的

高跟鞋

站在　床边

一只立着

一只斜躺着

一双鲜红的

高跟鞋

在城中　废墟前

一只立在　泥泞中
一只甩到　瓦砾旁

一双鲜红的
高跟鞋
站在墓碑前
两只终于一起　站着

> **伊沙点评**：某垃圾是这么说《新诗典》的——伊沙把深仇大恨以外的诗人全都拉进来了——反正，任何骂《新诗典》者都不用"小圈子"三个字了。本典诗人的来路已经大半在我个人的资源之外：洪君植将一帮中国朝鲜族的诗人推到我的面前，本诗作者全京业便是其中之一，从整体上说，他是一个泛抒情诗人，新诗的痕迹还不轻，但是这一首，真是写得太好了！我对一首诗的最高评价是：我想窃为己有——本诗便是。

红菩提和白菩提

从容

我开始查找手机和微信的发明人:
马丁·库帕、张小龙
我想和他们讨论一个从未见过面的男人
如何让我从寒体变成暖体……

伊沙点评: 我誉之为"中国当前最好的抒情诗人"的从容女士,最近两组来稿的共同特征就是急剧口语化,包括诗歌结构,以我了解的从容,她不是见风使舵的人,看着目前口语诗一派大好形势,就赶紧转过来,我想她是自然而然在转:因为抒情诗所要的状态并非日常生活的常态,你总不能整天憋着写苦写伤写愁,一松弛下来,就变成目前的样子,我真不希望她从此彻底变成口语诗人,我希望她在契机出现的时候随时回到她最好的抒情状态。

感恩

庄生

结婚时
向表弟阿义借过钱
向表哥阿萍借过钱
向高中同学锦耀借过钱
向好友马金山借过钱

在人生最艰难的时候
素未谋面的
浙江诗人余跃华
前后给我打过两次钱
我跑到银行取款机
取出来
递给母亲
欺骗她说
这是我年底的奖金

伊沙点评： 这是一首天然的好诗，它仿佛早已存在于世，谁拿走就是谁的。问题是：谁能拿得走？没有感恩之心者，当然拿不走；有了感恩之心，从无感恩之举者，也拿不走；有感恩之举，但不知用诗者，照样拿不走；知道用诗感恩，但觉得借钱之类的琐事无法入诗者，还是拿不走，过五关斩无数将，最后拿走的是庄生，因为这五关对他来说没问题——在人间，诗的事儿，莫过如此。

烈日

吴少东

礼拜天的下午，我进入丛林
看见一位园林工正在砍伐
一棵枯死的杨树。
每一斧子下去，都有
众多的黄叶落下。
每一斧子下去，都有
许多的光亮漏下。
最后一斧，杨树倾斜倒下
炙烈的阳光轰然砸在地上

> **伊沙点评：** 从中国人的理解上说，本诗属于口语化的意象诗，殊不知庞德所倡导的意象诗就是要口语化的，所以一不留神，本诗作者写出了一首标准的庞德式的意象诗。我们刚刚经历了一个全国普遍高温的热夏，诗人用了很多诗来表现酷热，在我眼中，本诗是其中比较突出的一首。

你是我所有的女性称谓

李宏伟

是妈妈,是女儿,是姐姐,是妹妹
是女教师,女护士,女指挥官,女收银员
是泛称的女人和女孩,是特指的爱人和路人
是均衡的波浪,是暴动的火舌
是我的声母,是我的韵母
是我所有的女性称谓
我必须每一次都喊应你,我每喊你一声
就给出一次全部的我,你每答应一声
我就得到一个全新的你

伊沙点评: 与西娃一样,李宏伟是"江油诗群"的延伸,是现居当代京城的李白后裔。其诗结构结实、面孔正大,显然来自他在京城所学的哲学,而内在的神秘、诡异则来自李白的血统,这一首他向我们展示其温柔的一面,别有一番魅力。本主持广州至惠州途中推荐。

礼花腾空

刘川

这只大礼花
四十九响
其实是由四十九支
单筒单响的小礼花
用粗铁丝捆扎到一起组成的
现在它们一齐蹿入空中
向东南西北各个方向
自由自在飞去,灿然开花,惹得人们欢呼
一点也看不出
它们其实一直
都是被强行捆到一起的

> **伊沙点评**:刘川是老朋友,也是《新诗典》老作者,那就说一点整体写作上存在的问题:我觉得刘川不要把所有的生活现象都变成书桌上的问题;而要把所有书桌上的问题都化作生活的现象。当然本诗无问题,做得非常好。本主持广东惠州推荐。

喊冤

严力

多年前
因为民众的报案
警察铐住了
不正的社会风气
经过庭审
判了七年徒刑
结果
它被提前十五年释放了
之后的许多年
我一直在为数学知识
喊冤

2017/01

伊沙点评: 老严力是朦胧诗人中的口语诗人,又是口语诗人中的意象诗人,这说明其文本的独一无二,确实,连模仿者都没有,尽管热爱其诗者大有人在。今年是《一行》三十周年,今天是老严力六十三岁生日,特以推荐其诗来表达我的敬意和祝福!本主持广东惠州推荐。

清明，湖面

南人

你看到的
是湖面上一艘艘游船

我看到的
是湖面上一只只漂浮的鞋子

所有在夏天溺水而死的生命
此刻全都倒立着
脚在水面
身在湖底

2017/03/25

伊沙点评：南人是我师弟，亦是《新诗典》老作者，我也谈一点他整体写作上存在的问题：他自己太有喜感、笑点甚低，老预设读者的笑声，我读其有些诗，老听见一个声音在喊口令："预备——笑！"即使读者笑了也不好。所以今天，我推荐他一首悲的，又是一首口语诗人写出的漂亮的意象诗，如今意象诗已经是破鼓万人捶了，靠口语诗人才能捶出鼓声来。

木偶剧团

伊沙

西安有西安的木偶剧团
北京有北京的木偶剧团
但在我的记忆中
它们所在的街是同一条

那条街除了走木偶
只有一个人骑车而过
我高中的地理老师
一个帅气的卷毛

他妻子
是木偶剧团的演员
在我的记忆中
他娶了一个漂亮的木偶

然后是高考前的一天
我们正在上地理课
他刚徒手在黑板上
画了一个标准的世界地图

自己便仰面倒地
四肢抽搐
口吐白沫
不省人事

事后我们得知
那种病叫癫痫
我总觉得那是木偶身上的病
传给了我们的帅老师

伊沙点评：上一轮我自荐时说自选诗要看人脸色来选，大家喜欢什么选什么；这一轮我偏不看任何人的脸色，我根据自己创作一首诗时的新鲜感来选，在过去四五个月里，本诗带给我自己的新鲜感无疑是最大的，这种物我合一的写法，这种说不清道不明的神秘感，这种多个重心集于一诗，在我以往的作品中比较少见，具体到木偶，更是没写过，所以我在创作中感到莫大的新鲜。对于一个自觉的成熟的诗人，你为中国诗歌创造了什么，你自己应该心知肚明——对不起，我刚巧就是这不多的人之一。

诗运

朱剑

我的诗集

不但

卖不出去

也很难

送出去

一次出门开诗会

我背了五本

过去

都没有从包里

拿出来

几天后又

一本不少

背回了家

唯有

过机场安检时

被扫描过两次

被我算成

增加了两名

新读者

伊沙点评：《新世纪诗典》第七季第二轮推荐开始。由于积压了多个诗会现场奖获奖作品，所以底气很足。首先登场的是5月4日长安诗歌节颁奖盛典朗诵会现场奖冠军朱剑，令人高兴的是：朱剑的诗越来越被更广泛的人群所接受所喜爱，而在行业内部提起朱剑的名字，同行最先想到的是"实力诗人"。本诗有着纯口语诗的全部优点，只有口语诗人敢于写自身窘境，这不仅是世界观了，更是人生境界，窘中藏剑，一剑致命。

国考场上的幽灵

李勋阳

参加高考监考
他们要求
既让考生感到敬畏
又不能让考生感觉到
你的存在
早上出发前
我特意换上自己最喜欢
却又容易捂得脚臭的
帆布鞋
果然在考场上
我走路无声
来回穿梭
像个幽灵

伊沙点评： 在惠州诗会上，零零前老诗人遭到了零零后小诗人的围困，诗会第一天上午，姜二嫚无可争议地力压阿吾、从容拿走冠军；第一天下午，老诗人更被压得喘不过气来，但是在游若昕、江睿、茗芝的包围中，李勋阳突出重围而夺冠，何以如此？从我这个裁判的感受来说，零零后提高了新鲜度，让零零前显陈旧了，只有"李怪怂"能够以怪制新，再加入成人之长——重，所以夺冠，这是伊门的光荣！

穿越

图雅

这里是一家陵园
沿着右侧一条小路
缓缓而下
尽头是窑洞般的阴宅
四壁有佛龛墙洞
中央一张石床
用以停棺

那天他带女友来玩儿
恰逢大雨
躲进此处
他俩爬上石床
干了阳间的事

2017/05/23

伊沙点评：图雅近期的突出战绩是在天津滨海诗会，一冠一季。还有一点始终比较突出：在我的记忆中，她鲜有未通过第一轮的纪录。事实上，她并不是一个稳定型的诗人而是凶狠型的，只是刚巧碰上了一个鼓励凶的裁判。我觉得她有点像前乒乓国手郭焱，会拿到世界冠军，但是很难实现大满贯，我说的是诗而非奖。

一代人

徐江

2011.9.4

新一代的艺人们
在电视上耍弄嘴皮子
他们说的绕口令
依然是三十年
甚至五十年之前的
有的甚至可能还沾着
那么一点儿血腥
但他们无知无觉地耍着
观众无知无觉地
听着笑着鼓着掌
包括那些用生命和血泪
献祭过的老年观众

> **伊沙点评：** 自去年韩国诗会以降一年来，徐江进入现场奖荒，主要是腿有伤少参会，在家门口举行的天津滨海诗会，出人意料落榜转而获摄影奖，惠州诗会前两场也落榜，后两场开始大逆袭，勇夺一冠一亚，尤其是现场命题诗写高出一筹夺冠，令在场同行无不服气。本诗是徐江这个"曲艺控"在诗意上的一次正能量迸发。

第六辑 一只粉红的鸟在飞

从天而降的内衣
像一只粉红的鸟在飞

——孙圣国

物

黄海兮

他的办公室墙上挂着
四个大字：
眼前无物
这四个大字下的
办公桌上
杂乱不堪地摆着：
玻璃烟灰缸、许多本书、塑料笔筒、音响改装套件
塑胶花、电脑、键盘、眼镜、三支钢笔、安神胶囊
印泥、卫生纸、几个人的名片、工作牌、笔记本
烟和打火机、剪刀、路由器、充电器、茶叶
毛笔、石头工艺品、某会集体合影照、若干发票
一本荣誉证书、一瓶没有喝完的色素饮料
4920元去年年终奖签字表

他对面的沙发上
一位和他谈工作的妇女
好几次问他：
要不要我帮你清理一下

2017/07

伊沙点评：接连推荐了四位《新诗典》系列诗会现场奖冠军的作品，接下来的三天，推荐三位亚军和季军的作品。黄海兮是5月4日长安诗歌节颁奖礼朗诵会亚军，终于冲进了三甲，其实他近几个轮次的推荐作品，质量都在提高。作为诗人，黄海兮似乎有点吃亏，明明有不少佳作，但却看起来不像个好诗人。依我之见，原因在于老是行色匆匆，面带风雨色，老让人感觉你是诗的过客而不是住客。

先辈们

艾蒿

阳光下的
嘉陵江洪水
在我眼前
无声地流过
我试图寻找
有没有一对眼神
正向我告别

伊沙点评： 在惠州诗会之前，艾蒿从未进入过现场奖三甲，他自己已经怀疑是诗风的问题了。事实是：当你手中的三尺绫罗缠住了对手的利剑时，赢的就是你了——这一幕发生在长安诗歌节惠州场，他无可争议地拿下季军。一年前，在西宁，我说艾诗的清洁度可能是中国诗人中最高的，今天我想说，他在时间中的耐磨性也是极高的，不信走着瞧。

我原谅了他的歉意

左右

外卖小哥
顶着四十度高温
晚了半小时
才将我的午餐
送达

我点的凉面
变魔术似的
变成了热面
吃完后
我给店家五星好评

伊沙点评：左右是5月4日长安诗歌节颁奖盛典朗诵会季军得主，他倒是现场奖三甲常客，因其有杀手锏。前两天，我在某大官刊上读到他一首太过平庸的抒情诗，联想到有人对其典外作品的不以为然，我想这不是个体现象，我能说出一堆"两面派"：典内佳作、典外庸诗；典内口语、典外书面；典内先锋，典外陈腐……诗人啊，你们这是干吗呢？我实言相告：本典负责选出你们的山巅，山体你们得自己长，历史评价的是你们整座山。

气功师

君儿

大学即将毕业
舍友带我去见一个
神秘的气功师
他先是专注地盯着舍友
盯出她身后的
一座天安门
他说你会到北京
结果她正是去了北京
接着他开始望我
娓娓而说
你会到海边的城市
离海越近财运越好
你会嫁给一个工人
他很听你的
那是1991年
我先分配到市内一家造表厂
三年后的1994年底
来到开发区
一片被海水包围的盐田
嫁给了同厂的工人

伊沙点评：君儿并非现场奖常客，她很难在一场诗会连续闪光，但是——她会在一场诗会上一诗把你亮瞎！本诗毫无疑问是天津滨海诗会第一佳作，可惜未设"最佳作品奖"，它是为君儿近两年的两项大奖：第五届"NPC 李白诗歌奖·金诗奖"和韩国第二届"亚洲诗人奖"，为其《新诗典》六零后十大诗人（名列第四）的殊荣作证的。你若不服，也来一首。我找不着合适的词儿来说它，只是觉得十分强大，这种诗比那种随时脱裤子的"典型性先锋"需要更大的勇气与境界。

矮个子母亲

温永琪

矮个子母亲
看着儿子
噌噌噌
高出自己
一个头
噌噌噌
又高出了
老公半个头
心中的石头
落了地
逢人便说
像他外公
像极了他外公
高高大大

2017/07/22

伊沙点评：温永琪上一次推荐是在2012年3月，第一季的末尾，那时候从诗江湖过来的诗人是我最为倚重的队伍。这五年半（创间隔纪录的五年半）他跑到哪儿去了？得问他自己，从我这里接收的信息是：极少的几次投稿都未能选出。此次惠州诗会，他能参加，我很高兴，这也是我们初次见面。我不知他参会感受如何，但有个信号希望他能接收到：《新诗典》对诗歌像素的要求可比诗江湖高多了。本诗写得干净，几笔勾勒出我们的文化（别说丑陋的国民性哦）。

细节

李伟

开会
斗丁玲

窗外
阳光明亮

室内
正表决

是否开除
丁玲的党籍

大家
都举了手

丁玲自己也
举了手

> 伊沙点评：李伟在经历多年平淡之后，在天津滨海诗会上来了一个总爆发，勇夺其中一场冠军（此前他从未进过三甲），让我意识到，老作者创作中的问题，该说还是得说，苦口婆心必有收获。大概很多人都忽略了，李伟的职业是教师，是天津师大艺术学院的职业教师，值此教师节之际，我请他出来向《新诗典》出诗人最多的职业——教师祝贺节日！

礼拜

杨邪

上午,两家子人在大桥上偶遇
我们一家子要去公园放风筝
他们一家子要去基督堂做礼拜

两家子人都是那么彬彬有礼
互相点头,问候
然后温和地微笑,道别

我忍不住小声嘀咕
——这些年,他们家那印刷厂
不知道仿造了多少吨的假商标

我说,他们去做礼拜
是为了倾听牧师布道呢
还是去向上帝忏悔

我这没信仰的人的腰眼儿被妻子
用胳膊肘撞了一下
哈哈一笑,我瞥了瞥眼前那高高的十字架

伊沙点评:杨邪是我《文友》时期的老作者,当时在《文友》上既发小说也发诗,但直到此次惠州诗会才第一次见面。他很少出来开会,很少与人交流,反映在文本上就是有点"滞前":停留在"前口语"时代,在"意味"之中,重意而轻味,下笔过重,落得过实,本诗也留下了这样的痕迹。他在诗会后写的诗,感觉"轻"了不少,这就是交流的成果。

姑父张大禄

国哥

姑父张大禄是复员军人
有一块苏联产的
"罗斯托克"手表。他1962年夏天
在印度边境负了伤
后来在西藏军区总医院疗养一年
要不是有一次在特护病房
摸了值班护士茉莉一把
要不是茉莉一翻脸告到了团部
姑父张大禄，还不知道
是谁的姑父呢

> **伊沙点评：** 成见害死人，我自己长期被他人的成见所害，所以特别警惕我对他人的成见。国哥的诗能够入典，穿越了我的两个成见：前年秋天在上海，我去参加草地诗会，在饭桌上遇到了他，喝个酒竟也炫了富，形成了我的第一个成见；第二个成见是其所谓"帝王诗"，写了一串帝王将相，脑子是不是有病？但我打破了这两个成见，于是便收获了这首好诗，前一段中印边境局势紧张，让我们借诗了解一点历史。

一只粉红的鸟在飞

孙圣国

从天而降的内衣
像一只粉红的鸟在飞

一个精疲力竭的人蹲下来
系他的鞋带

必经之路没有落叶
所有窗子都是关着的

伊沙点评：六零后诗人队伍还在悄然壮大，因为每月留给"新人"的十个推荐名额，总是要被他们占去三四个。本诗作者正是。他的诗是很严格很精致的意象诗，又要打脸说《新诗典》是"口语诗典"的自欺欺人者了。

萨大姆也有春天

杜中民

玉田县城有个环卫工叫萨大姆
五十五岁的他平时吸烟
还会把吸完烟的烟蒂弹出很远
有人看见过他曾用烟蒂把树杈上的麻雀弹下来
每次他都会把弹出去的烟蒂清扫干净

他的才艺被某卫视发现
通过展示
在当地已经小有名气
他也有自己的规矩
凡是影响他工作的邀请肯定不参加
给多少钱也不去
只有在他休班休假时才参加别的活动

他说，是环卫工作造就了我
做人得饮水思源

伊沙点评： 我说什么来着？六零后占半壁江山，挖"新人"又挖出个六零后。本诗一看标题就想发笑——好吧，你们不要整天盯着口语诗选多了选少了，换个角度看看《新诗典》的填空性与丰富性：在《新诗典》出现之前，中国没有哪个诗歌平台有笑声，我们有笑也有哭，也有思。平台或选本的丰富性，是由主持人决定的。

深圳太穷了

江湖海

我一年级毕业了
快上二年级
火车上一个小女孩
开心地对我说
我问她深圳好不好玩
她说还可以
但是深圳太穷了
太穷了
深圳实在是太穷了
这个穷深圳
一块菜地都没有

2017/08

> **伊沙点评**：本诗的主题在更早的时候被人写过，但从未被写爽过，现在被江湖海写爽了。老江自己的写作也少有写爽的时候，这一下是真的写爽了。何谓"写爽"？此乃后现代性中的双重快感：写者写来有快感，读者读来亦有快感——这样的写作，作者一出手就知道。

我常常听见远方的声音

阿吾

最近我常常听见

远方的声音

很轻

但能唤醒我的肉体和心灵

向两只耳朵靠拢

我斜靠在破旧的沙发上

微闭双眼

想象声音的行程

它源起于海面之巅

流走的云朵

横跨岸边的悬崖

翻越大小山岭

拂过宽阔的田畴

溪涧、河流、湖泊

到达四川盆地

从朝天门进入重庆

沿高层建筑的轮廓

分散于大街小巷

最后剩下微弱的气息

被我吸收

死在我的幻觉里

2009/02/01/ 重庆

伊沙点评：我还清楚地记得，这是今年夏天，在嘉陵江的一条游船上，一位长期漂流海内外的游子唱给故乡重庆的深情的歌，不但感动了在场所有人，也毫无争议地夺得了现场冠军，这位歌手就是诗人阿吾。我以为，这种诗等于积累诗加功夫诗，动用自己全部的对于故乡的情感积累，动用自己全部的诗歌功力，倾囊而出，全力而为——要想成为大诗人，必须要有这样的诗。

答辩日

苇欢

上午场

与英文系毕业生

舌战三小时

一顿饱餐后

继续下午场

侧身拿论文时

没忍住

放了一个屁

坐在我身后的

两个大三的书记员

窃笑了两声

大概是说：美女老师也放屁吗

这很正常

美女不仅放屁

而且不比其他人少

伊沙点评： 苇欢一出现，引起同行兴奋，原因在于她写的是典型性先锋诗。她之后的写作，并未沿此路走下去，而是变成一个纯度越来越高的纯口语诗人，让一些人失望，我多少也有一点。但是我想：前者虽独异，但是行不远，非要那么写，也显不自然，后者才是与人合一行之久远的大道。本诗属于谁都以为自己能写但却写不了的诗。

初冬

马金山

在南岭小学门口
三个大个子男孩
团团围住
一个小个子男孩
小个子男孩毫不示弱
攥紧了拳头
说：
"我老爹坐过牢
谁敢惹我？"

> **伊沙点评**：初听本诗的情景还历历在目。惠州，8月26日，江畔诗会，零零前诗人遭到零零后诗人围困，几位成年诗人做出了反击：李勋阳、艾蒿、二月蓝、马金山……用这首诗与孩子们对抗绝对是有效的，这是写孩子而孩子自己写不了的诗，中国的文化是这样被写出来的，而在口语诗之前，它只是一个僵死的古典符号。

银海枣

阿樱

银海枣……不是枣
它更像一棵男人树
孤植于海边，丛出的树冠
优美而迷人
远远超出我的想象，它隐晦的叶片
切割着他们的孤独
黄昏终于来临
我和你，转身走出
银海枣的眺望
"来吧，大海和落日都是我们的"

伊沙点评： 阿樱是浪漫主义抒情诗人，但是我能接受，因为情真，她的局限是这路诗的局限：集体无意识的东西太多。她还有一个突出优点：地方性。其诗有着鲜明的南粤气息和味道，是广漂移民写不出来的——某漂写不出某地的灵魂（又出名言）。谭克修搞地方主义，就该收编阿樱这样的诗人，而非不及物的词语诗人，物都不及，岂有地方？

拿本小说在手上没看

光头

从朋友家喝茶回来
家里人都睡了
餐厅的灯开着
方便我半夜回来
走到阳台
能听见楼下
有两个女人在聊着什么
讲着广东话
我听不懂
过了一会儿
她们静下来了
刚下了阵雨
新闻说，今夜有台风
在沙发上坐了会
拿本小说在手上
没看
想着些什么

伊沙点评：光头没有利用好我对其诗的欣赏，《新诗典》系列诗会第六场在惠州举行订货一首，到四十六场重返惠州订货一首，中间四年半过去了。他是惠州最现代的诗人，亦是广东最现代的诗人之一，他诗中的现代感真像是天生的，这样的诗人本来该有更大的名望与影响，这不是个人的得失问题，而是他本来该对全局有更大的贡献。

阳光和风四百块一个月

柯默默

迁徙到风光无限的城市
按月定时结清留在城中村
无阳光的出租屋八百块
带阳光的出租屋一千二百元

想从城市汲取一点光
风和阳光还不够月季活命
区区一平方米的立足
每月吃穿还得节省一些

伊沙点评：四年前的惠州诗会，柯默默就是御用摄影师，我情感上希望她能订上货，最终没有就没有；四年后的惠州诗会，柯默默仍是御用摄影师，她想不朗诵，我坚决不许，因为看一眼会议小诗册，我便知道她这次有了——这就是《新诗典》，这就是《新诗典》式的佳话，何以入选诗作首首好？正在于这种较真，这种毫不含糊的严格。

抵消

普元

诗会期间
孩子们获得了太多的赞誉
和快乐
孩子妈妈说
这样下去
一定会宠坏的
我说
你放宽心吧
马上就开学了
有的是抵消的东西

伊沙点评：《新诗典》多佳话——先是姜馨贺投稿给我，一次投来她与妹妹姜二嫚的诗，均入典；后来她又单独投来妹妹的诗，所以姜二嫚到了2.0；然后是惠州开了零零后大会，他们的父母作为监护人特邀出席，诗会没开完，父亲写上了，一写就到位，这就是今天推荐的诗人普元。本诗写到了我的心坎上，很有教育含金量。

第七辑　止痛药方

父亲是一位抗战老兵
体内留有一块弹片
在世时
我们没有给他手术
每次上坟
我都会给父亲
烧去一张止痛的药方

——朝晖

台风过境

伊秋梅

台风就像丈母娘
现在
我可以迎娶
新郎了

伊沙点评：惠州诗会正赶上台风过境，所以同题诗现场写我命的题便是《台风过境》，伊秋梅凭借本诗杀出重围紧随徐江、江湖海这两位六零后老将之后夺季军，本诗好就好在一个"奇"字，并且滋味复杂。本主持内蒙鄂尔多斯推荐。

叫唤

程向阳

清晨　是玉兰树上的那一只鸟最先叫的
然后是其他的鸟
高一声低一声　叫唤
偶尔　枝头喜鹊乌鸦跳出来
高一声低一声
在叫唤
我也学着叫唤
它们看我
像在看一只笨鸟

伊沙点评：在各地举办诗会，发掘当地好诗人，是《新诗典》的己任。惠州诗会的最大成果就是在当地新发掘了一批好诗人。本诗物我合一的写法，是我们中国人的擅长，生趣盎然，跃然纸上。

礼物

雁鸣

夏夜，一个人
不穿衣服，在屋子里晃荡
拖地，啃鸡脚，追剧
沙发垫承托宽厚的臀
双腿小麦色，粗壮
光泽还在，弹性也还在
乳房有些松驰、下垂
腹部也是
它们看上去很柔软
摸上去，也很柔软
中年以后，我渐渐爱上这具躯体
——母亲赐予我的，第一份礼物

伊沙点评： 我特别不喜欢点评者说——最后一句好或哪一句好。诗是一个整体，所有的安排都是整体的一部分，包括有人认为的所谓"佳句"。拿本诗来说，没有前面从容不迫的耐心叙述，后面的升华将成空中楼阁。本主持内蒙鄂尔多斯推荐。

下一秒

任旭东

在电视新闻里
我看到了我
陌生　憔悴
一眼认不出来

他仿佛在另一个时空
无声地说话
配着主播冷静的画外音
边抽烟边聊天
在一个车祸现场

哪怕下一秒
他在镜头中死去
我也会觉得
和我无关

伊沙点评：这是一首现代性十足的诗。在鄂尔多斯首届中国先锋诗会现场，当地部分诗人与先锋诗人起了暗战与明战，我以为反对先锋的明显是欠缺现代意识的人。二十年间，这座城市旧貌换新颜，但一些人毫无改变，意识如广场舞大妈。所以，要想写出现代的诗，首先要完成人的现代化改造。

雪人

王屹

一生爱过许多人
最爱的是
姐姐，弟弟我们三人堆的雪人
可是她在二十年前的冬天
走丢后
就再也没有回来

> **伊沙点评**：这是一首纯诗吗？这是一首超现实的诗吗？这是一首成人的童年诗吗？全都是，但似乎又不必指出来，这些都业已成为一首现代诗的题中应有之义。想象的事实也是事实，想象的事实的诗意。

螳螂

余榛

月光没有铺满山坡
但给我错觉
一个人站在黑暗之中
似已被空气吞食
世界无穷大
我无穷小
前面是黑灯瞎火的老房子
在祖父之前已住过
两代我没面世的先人
我从外乡回来
看见母亲从灶台上抓螳螂
喂了香油放回草地
嘴里叨念，先人已逝别再回来
从此我对螳螂
特别敬畏

伊沙点评：这是什么诗？这是写通写顺的意象诗。如此优秀的意象诗，在中国诗坛绝不多见，但作者却籍籍无名。因为书面语诗歌这一块是个毫无标准的乱局，纯粹的诗并无立足之地，玩文化噱头的杂语诗当道，伙同平庸不堪的泛抒情（官刊发表体）。对真正的意象诗人、纯粹的抒情诗人，我都像面对我父亲研究的濒危动物一般高喊："保持你自己"——这也是《新诗典》的一贯态度。

数星星

陌上花

我现在开始数星星
如果数到你
你就到一下

伊沙点评：这首诗真是写绝了！浪漫主义可以充满想象力，并且是有趣的。特给予"广东诗人半月展"压轴的位置隆重推荐。在过去的半月里，广东诗人展示了相当可观的实力，这还仅仅是以惠州诗群为首的惠州诗会与会者的展示。从明天开始的"零零后诗人展"也将以广东小将开篇，既是"广东展"的延续，也是"零零后展"的开始。

古诗

姜二嫚

我把刚写的一首诗
放在太阳底下晒
想把它晒黄
像一首古诗
假装已经流传了几万年

2017/06/26

伊沙点评：过去的一个多月，中国诗坛只有一个新闻人物，那就是来自深圳的十岁女诗人姜二嫚，她在惠州、鄂尔多斯、西安三个诗会上引起的轰动，波及整个中国诗坛，闻者无不称奇、同行无不叹服，她写的绝不是儿童诗，而是成熟的口语诗、真正的现代诗。本诗是其在惠州诗会夺得某场冠军的作品，特放在国庆节推荐，她就是祖国美好的未来。

我学的语文有时没有用

姜馨贺

在路过沙漠的
火车上
我加了一个
维吾尔族哥哥的微信
回到深圳互相问候
结果我不懂维文
他不懂汉文
语音也听不懂
就只好发表情
所有能用的表情
都从头用过一遍
现在
第二遍
又开始了

2017/07/08

伊沙点评： 先读本诗，里面可以挖掘的东西太多了！然后我再告诉你：它出自一位十四岁少女之手，它的作者叫姜馨贺，是昨天推荐的姜二嫚的姐姐，姐妹俩在诗坛被称作"深圳姐妹花"，她们都是不久前推荐的广东诗人普元的女儿。一首诗中有如此丰富的信息，但却表现得如此老练毫无痕迹，意图与心机一言不合就暴露其外的成年诗人当惭愧啊！

沙漠杀手

茗芝

一种毒蛇
横着行走
像漂亮的海浪

2017/04

> **伊沙点评**：先请欣赏本诗，这是近年《新诗典》最漂亮的一个比喻（比喻属于修辞，不要动不动就说意象），出自十岁的小诗人之手。茗芝修辞造象能力超强，我绞尽脑汁，把台风过后的风景写成被老天爷坐了一下，茗芝写：像便便。我是看着她的诗和人一起长大的，长成南粤美少女，想借此给她提点要求：下一次参加新诗典诗会，未得奖不要哭鼻子，中国式的好强教育是有毒的，你要时时告诉自己：我可以失败！

叛徒

江睿

我去爸爸家玩儿
多玩了一天
回到家
妈妈说
你这个叛徒
我很委屈
你是叛徒妈
所以我们是一家

伊沙点评：8月26日，广东惠州，江畔诗会，临近尾声，我心中的三甲基本已定，这时江睿登场，念了本诗，在我心中，一刀将七零后诗人三个A从季军宝座砍下，我当时点评道："这首诗伤到我了！"作者只有九岁，却知道写伤痛，我多次警告说：别把他们当孩子（《新诗典》不推"儿童诗"），他们是你们年少的同行，否则有人被砍多少次都不知道自己怎么死的！现在我关心的是：中秋佳节，江睿去谁家过？

台风过境

杨渡

一张纸"啪"一声拍在我的脸上
怎么也拿不下来

取下来一看
是门卫贴在小区门口的
台风即将来临的通知

2017/08/27

> **伊沙点评**：在惠州诗会上，零零后诗人简直不让零零前诗人活，他们并不满足于争夺为他们专设的奖项，到处攻城掠地。杨渡是零零后内部诗赛的冠军，自选诗、现场写都极佳，本诗是命题诗《台风过境》的现场写，这种角度、这种老辣出自一位十六岁少年之手，你不惊讶我惊讶，有些无能的同行对零零后也只剩下装装不服了。

艺

沈雨涵

下雨了，
艺人仍在弹唱。
雨中有人听吗？
雨，
为艺人穿衣。
一阵雷响起，
多么奇妙，
艺人消失在之前的空地，
音乐仍在耳边响起。

2013/05/03

伊沙点评：沈雨涵是福建女诗人楚雨的女儿，今夏惠州诗会，沈又订货，楚又未订货，沈拉大了对楚的优势2.0。在零零后的诗中，这一首的辨识度很高，甚至是最高的：它用旧一点的语言，很高妙的意境，成为一个独特的存在。沈有系统的美术学习与修养，一定会帮到其诗，这一点她应该感谢母亲。

睡在云朵里

李小溪

我很重
万一我的灵魂也很重
我会不会从云朵上掉下来?

2016

> **伊沙点评**:李小溪九岁,是今夏惠州诗会与会的零零后诗人中年龄最小的,当她念这首诗,当她念出"灵魂"二字时,在场好多同行都笑了,我觉得那笑声是善意和赞许的。中国的教育传统有个大问题,那就是:"老实点!小孩要有小孩样儿!"结果等孩子长大了仍然是孩子。《新诗典》的所作所为,就是要破一破这个传统。

军训

崔馨予

军训时,看见操场边上的小羊
长得很漂亮,有几只长得像狗
小羊在操场上
我看到小羊就笑了
教官就惩罚了我

> **伊沙点评:** 今夏惠州诗会到会九位《新诗典》零零后诗人,在会上人人表现出色,都有新订货,由此组成这次令人耳目一新的"零零后诗人展",我心中刚说:有十个人最完美,便又发现了一位"新人"。本诗作者崔馨予是《新诗典》诗人刘畅的女儿,本诗是《新诗典》最欢迎的一类作品:不失孩子少年气,但有成人先锋骨。

台风

石薇拉

爸爸老是嫌弃
我太胖
台风来了
吹不走我
这回
他可以放心了

> **伊沙点评：** 惊喜又来了！我在节前的一场长安诗歌节上，对同仁承诺过：10月前十天，一天一惊喜！敢这么承诺，因为是"零零后诗人展"，零零后意味着什么？灵气足，惊喜多。换言之，零零前诗人，越老灵气越少。石薇拉也是我人与诗看着长大的，是我心目中的"种子选手"，惠州诗会前三场没订上货，我对她面授机宜："你别把每首诗都写成句号，而要写成省略号。"她一点就通，马上改进，结果在第四场夺得零零后诗赛季军。

恍惚

游若昕

傍晚
我趴在床上
爸爸用腿
压住我的屁股
好像一根柱子
压着我
让我爬不起来
这时
我想起
今天是5·12
汶川地震
纪念日

2017/05/12

伊沙点评：每天一惊喜的"零零后诗人展"来到了最后一天，最后一个人，不少人一定猜到了：一定是游若昕！把她放到最后压轴出场，一方面她确实是《新诗典》到目前为止成就最大的零零后诗人，总共十四次被推荐；另一方面，她是一位"先驱者"，是第一个少儿写成人诗的成功者，从她开始才有了后来一系列发现；从她开始，风气全开，如今少儿写儿童诗写得再好，你还好意思嚷嚷吗？好了，请欣赏游诗。本主持西昌推荐。

我的光棍二叔

沈浩波

有一阵子
谁说二叔是光棍
二叔就会辩解：
其实我在外面有女人
我在徐州
宿迁
盐城
和常州
都有女人
又过了一阵子
他甚至告诉大家
他在徐州
宿迁
盐城
和常州的女人
都给他生了孩子
但自从他打不动工
回到村里
一直到他病死
也没有一个孩子
上门来叫爹

伊沙点评： 不久前，长安诗歌节某一场，朱剑说：沈浩波还是城乡结合部写得好。然后，我便在他一大组来稿中选中了本诗，我不知道朱剑所说的是不是这一种。听一个诗人如此评判另一个诗人，我不知别人感受如何，我自己则很欣慰，比结论（没有结论）更重要的是有人能读出你的气味、趣味、体味，那就放胆写吧，别愁别人看不见。本主持西昌推荐。

童年教育

西娃

队长带着计生委的几个人
把躲在棉花地里的妈妈
搜出来,怀孕九个月的她
被摁在棉花地里
挣扎嘶喊到没有声息的妈妈
手上抓着拔起的棉株
弟弟像一只青棉桃
从她的子宫里摘了下来

我在五岁看到了这一幕
它胜过了日后
这个世间,对我的
所有教育

2017/03/08

伊沙点评: 西娃的20.0,这是一个了不起的成绩。本诗在这二十首西诗中,属于中下游,按照我的习惯,往往趁弱轮说问题:西娃在不久前举行的鄂尔多斯中国先锋诗会上表现不佳,某一场甚至交了白卷,我觉得这不是一个小问题,为什么会如此?西娃的写作有一种内在的窄,诗歌生成的方式比较传统,所以尽管她也能出好诗,但写作状态并不从容潇洒,必须加以正视。本主持西昌推荐。

我曾纵容了一个坏人

潘洗尘

由于十一年前我没有报案
冉茂文　现在我只能叫你失联员工

五十一万五千　我知道你拿走这些钱
一定有你的苦衷　我更知道
如果当时我报案　你关机和逃得再远也没用
但一想到你会因此妻离子散坐牢很多年
我还是选择了沉默
尽管那时我也并不富足

然而　十二年过去了
你消失得无影无踪　连一声对不起都没有
此刻我写下这些文字
仍不是报案　更不想追债
我只是想告诉这个世界
我曾纵容了一个坏人
如果在这十二年里　他每再害一个人
都应该是我的错
在此我留下他的姓名　身份证
还有他当年的忏悔书
以供世间辨认

2016/09/09

伊沙点评：老潘最近一组来稿是由一组写给母亲的悼亡诗和本诗组成，我仔细读了两遍，还是选定本诗——这其中似乎含有诗理：情感成本投入大的诗未必就能获得最大的文本产出。期待着老潘能够对自己来一次彻底的超越，回到平常心，回到日常生活中来。本主持四川昭觉推荐。

死了也是最美的

庞琼珍

离得近些
就埋在屋旁的竹林
她用竹根下的井水洗澡
洗了三十七年
风摇动竹叶
水声哗哗
大哥喊：吕素清——
大嫂答：庞明先——
再拎一桶水来！

> **伊沙点评**：西昌国际诗歌周的某辆大巴车上，诗人们从长安诗歌节没有女同仁谈及何地女诗人最强，我脱口而出："当然是天津！"证据又来了，庞琼珍这一首我以为是近期推荐的最佳诗作，浑然天成，意蕴深远，庞近几轮推荐作均为上品，是实力的见证。

摩围山

二月蓝

翻身的乌江
露出柔软的肚皮

云顶寺的钟声
雪一样化了

> 伊沙点评：我见二月蓝一次就会说一次——不要转口语，把意象诗写到精，以后还要说下去——海纳百川，才是《新诗典》，各种风格，尽在包容，但一定要写好写精。本主持西昌推荐。

北京地铁上遇见自己

王飞长沙

不经意间,在对面的地铁上
发现了自己
惊恐混合着疑虑
但瞬间,他与我
渐行渐远
真想跳下地铁
追上他问问
"你是不是我?"
或许此刻,他正狂追我的地铁
打算问我同样的问题

2014

> 伊沙点评:大概两年多以前,王飞长沙和梁余晶一起来过西安,参加过长安诗歌节,念了诗但没有订上货,从那以后,我在微信中一直比较注意他的诗作,直到这一首订货,而时间已经过去两年多甚至快三年了。《新诗典》就是较真的产物,但它是善意的。

雾

大九

我在她窗户下唱歌
她对着玻璃哈了口气

> **伊沙点评：**多么美！现代诗抑或口语诗当然保留着或者说开拓了对美的追求，只是对于美的感知与认识是现代人的，本诗还有一点神秘主义——千万别把神秘主义理解成神神鬼鬼，那是很 low 的神秘主义，而这是十分高级的。在内蒙古诗人中，大九对于现代诗抑或口语诗的追求最自觉，文本也是最成熟的。

书

曾涵

图雅的书
只有三页
封底是地
封面是天
中间是一页
被翻烂的草原

伊沙点评： 在鄂尔多斯中国先锋诗会上，有一场以"草原"为主题的赛诗会，我断定冠军会被内蒙古诗人留下，果然最后戴上冠军银冠的是曾涵，本诗便是冠军作品。短短几行诗，满满的全是积淀。我感觉曾涵的写作，还有很大的潜力可挖。

奶奶的百年大计

刘刚

一百零二岁的奶奶
往柜子里放卫生球
怕虫子咬破她
去天堂的
行头

伊沙点评： 本诗作者在鄂尔多斯中国先锋诗会现场不叫刘刚，而叫鄂杭独解，结果大家没有记住他的名字，而是记住了这首诗。诗是诗人真正的名片，有好诗你就有名，无好诗你就无名。感觉作者的性情（有幽默感），适合现代诗（其实后现代）。

锡林塔拉草原

刘云飞

抚摸一棵草
就是抚摸整个锡林塔拉草原
顺着柔软的线条触碰远山

蒙古包散落
草的种子也是
敖包聚拢石头和方向
方向所指
是草叶的正面和反面
石头只能是石头
石头在草原落地
草原在手中生根
捡拾石头的手终会捧回一个草原

唯有锡林塔拉的草
才能燎原

伊沙点评： 本诗属于内蒙古诗人的主流风格，我称之为"草原抒情诗"，这种诗要想写好出新，已经殊为不易。我一看质感如何，二看有没有一两句能够打疼我击穿我，本诗全都具备，故入选予以推荐。

童话

岗上愚人

公园里的青蛙
在人工湖中
肆无忌惮地聒噪

从乡下返城的小强
对奶奶说
把青蛙的叫声录下吧
我要在咱村的麦田里播放

伊沙点评：这是典型的"事实的诗意"，对吧？其实，最先进的玩法，内蒙古诗人都会，妄图阻止他们这么玩的别有用心都是白费劲！何谓"先进"？在诗意的呈现之外，不着一墨，却留下无尽的思考空间给读者。

立秋

步云

那些顺从刀子的
先生长成草
后生长成羊
再后来生长成晃动的人影
它们站立整齐努力生长
高抬的喉咙迎合刀子的深度
无所畏惧的伤口
都能在来年极速愈合
每次,都会有痛从风的刃口滚落
而每次这繁茂的人间
都在颤动中,从未高过
一棵荒草

> **伊沙点评:** 在内蒙古诗人中,步云属于功夫型的,好处是靠实力说话,放长线钓大鱼;坏处是在一堆人中不容易被人辨认出来,在辨识度上比较吃亏。本诗写得力道十足,刀刀见血,但痕迹略显重了些。

命运

高金鹰

桑宝力格草原
半片儿半片儿的雪地
羊在白毛雪的风里
用劲地啃着地皮

它们走过雪地
逆转方向
我看见一卡车的羊
被拉进城里

2016/12/29

> **伊沙点评：**这是现代草原诗，传统草原诗中的草原是封闭的，草原只是自然环境而已，而在现代草原诗中，草原是开放的，通向城市，牛羊通向屠宰场。从简介上看，作者是个老手，显然是被遮蔽了——在中国诗坛，被遮蔽是常态。

止痛药方

朝晖

父亲是一位抗战老兵
体内留有一块弹片
在世时
我们没有给他手术
每次上坟
我都会给父亲
烧去一张止痛的药方

伊沙点评： 今夏在鄂尔多斯举行的首届"中国先锋诗会"，我被接机到酒店，将我行李送到房间的正是当地诗人朝晖，我们聊了几句。首场赛诗会，他拿出的还是大而空的新诗，此后迅速做出调整，结果不止一首诗被订货。我不讳言，这就是《新诗典》在中国诗坛的存在与作用，我们在输出价值观——现代诗的价值观。愿者上钩，一起前行；不愿者，各行其道。

阳光

逍遥子

正午,热辣辣的阳光落在锡林塔拉草原
也落在诗人们的头上
我的脸红了

> **伊沙点评:**感觉诗。感觉型的诗人。感觉诗可以类比印象派的画,感觉诗可以通向纯诗——这看起来是一个保险箱,可是在中国,利用这个保险箱的人太少了,为什么?中国诗人太有野心了,更信任文化策略,还具有现实奴性,所以看不上这个保险箱。在内蒙古诗人展中,有这么一个感觉型的诗人,顿觉丰富多了。

在甘肃，致妻弟

鲲如

在甘肃东南的土地上
没有河流，很少雨水
所有的植物都有耐旱属性

夜里星辰灿烂，银河如街市

我们刚喝完酒，在院子里站着
对着一株花撒尿。夜晚深沉阔大
整个甘肃都屏气凝神，静听我们撒尿的声音

> **伊沙点评：** 成熟的人应该如何看问题？由于在鄂尔多斯中国先锋诗会最后一场赛诗会上出现了"大妈闹场"事件，便很容易让人看贬这个地区的诗歌，"内蒙古诗人展"一路展来怎么样？我想这一丰硕成果已经教育了不积极看问题的与会者。今天我们展出的诗人是内蒙古的八零后（八零末），代表着内蒙古诗歌的未来，这个未来不可小看，令人鼓舞！

口罩

烟雨蒙蒙

一辈子,总有一天
不需要带着口罩出门
比如今天

> **伊沙点评:** 今天是哪一天?是诗人出来朗诵这天吗?这是一首写环保的诗吗?我以为,这也是一首感觉型的诗。感觉型的诗就怕遇到口语鹰——不,遇到狭隘唯实口语者——他们不知道,诗也可以写飘、写迷离、欲言又止。至此,历时十一天十一位诗人的"内蒙古诗人展"圆满结束,在前五季团体名次居末的一个省区一跃而变强,说明《新诗典》是永动的挖掘机。

与工厂诗人的短暂友谊

唐欣

记不清是怎么搞的　学校和
工厂的诗社　在一起联谊活动
作为曾经的石油工人　他看到
来自兰炼　兰化企业的诗人同行
感觉亲切　他们去了小饭馆
吃了包子和凉菜　还喝了冰镇的
啤酒　意犹未尽　晚上回到宿舍
他又给新结识的工厂诗友
写了一封长信　把刚学来的
现代诗观念　他视为秘笈的
倾囊而出　几天以后　回信来了
奇怪的是　就是他的原信
被退回来了　最后他发现
在信的背面　用铅笔批了四个
潦草的大字　一派胡言

2017/05

伊沙点评： 大约用了八年时间，把唐欣从"得奖荒"变成"得奖专业户"，是我与我的同道们用自己手中的资源在替天行道。在我目力所极的近三十年间，他都是状态最稳定的诗人之一，并且是稳定在一个高水准，在这场超级马拉松比赛中，他不一定冲在最前面，但始终保持在第一集团。本诗来自鲜活的第一手材料，是我更喜欢的唐诗中的一类。

卖金雀花的小女孩

韩敬源

问过价之后
我说我随后来
这个学校门口
在卖菜的旁边
怯怯的小女孩
守着她
从山上摘来的
金雀花
眼巴巴地看我离去
走出好几米了
我还没忘记
那眼神
我返回去
买完了她所有的金雀花

2017/06

伊沙点评：如果有个"在校诗"排行榜，韩敬源可凭其《儿时同伴》进入 TOP10，我说的是自改革开放四十年来——这是天才的见证。现在他遇到的问题是：好男人不容易写好。本诗说明：好人，美好的情感，也能出好诗。

中国足球

三个A

世界杯预选赛
中国对阵叙利亚
当叙利亚先进一球
到中国反超2比1
在进球的瞬间
我像火箭一样
从地面腾空而起
直到比赛结束
又原形毕露
重重栽回地面
声音大得惊动了
家里人
她走出来说
这么兴奋
你是不是赌球了

伊沙点评： 这是一首足球诗。足球诗在世界上是一个很大的品种，因为足球是欧洲、拉美、非洲等地人民的第二宗教。这是一首中国特色的足球诗，无关宗教，涉嫌赌博。这是一首由非球迷写出的足球诗，说明写足球诗不一定要懂球。

忙碌的猫

张小云

我
被锁在空房之中
这里根本没有耗子
白白浪费了我的豪情

我嗅着
放在大厅中央的一只空碗
怕饿死
总是一舔再舔
直到把碗舔成盘子

忙碌的我
累成了一滩水
只剩两只发绿的眼睛
滴溜打转

你从门缝里偷看我
看到的是一只
将死的耗子

伊沙点评：在我见过面的第三代诗人中，张小云是最健康、最正常、最易相处、最好打交道、也最能与同行玩在一起的——对，就是一个"玩"字，体现的是思想意识与生命状态，第三代属于新旧时代"过渡的一代"（沈奇语），基本属于未达之现代人、伪装之现代派、策略之先锋秀，小云如此，殊为难得。

帕慕克的书房
——遥寄奥尔罕·帕慕克

莫言

乘坐小得需要收腹的电梯
进入帕慕克的书房
在中国这家伙比我还红
《我的名字叫红》

我进过许多同行的书房
都不如他的有气场
大不大,书很多
地板咯吱响,书架很沧桑
靠窗一张小圆桌
桌前一把小椅子
是他喝下午茶的地方
只有走到宽广的阳台上
才算来到了帕慕克的书房

最美的是那黄昏时的太阳
视野中一片辉煌
左前方是海岛的黛影
右前方是造船厂的灯光
玫瑰色的教堂就在眼底
优美的圆顶,指天的玉柱
粉红色的鸥鸟盘旋飞翔
左侧是亚细亚

右侧是欧罗巴

下边是教堂

上边是天堂

海在前方

这里能听到伊斯坦布尔的心跳

这儿能感受到两块大陆的碰撞

帕慕克扬言要把那些

年龄在五六十岁之间

愚笨平庸小有成就江河日下

秃顶的本土男作家的书

从书房里扔出去

他从书架上拿下一本英文版《红高粱》

我摸摸头顶有些恐慌

他笑着说：你不是本土作家呀

但他还是将这本书

从阳台上撒了出去

四只海鸥接住

像抬着一块面包

落到教堂的圆顶上

难道还有比这更好的归宿吗

伊沙点评：莫言先生获诺奖之后，歇笔了五年，五年后首批发表的新作中有一组诗《七星曜我》——先不说别的，以诺奖得主之身，在自己整体创作中新添了诗歌，实为高招——再说这组诗，这一组泛口语小叙事写大师的诗，辅之以"事实的诗意"和莫言最擅长的想象力，是及格的有效的可以拿出手的，缺点在于塞得太满，诗内留空不够。我从中七选一，以诗的标准选出本诗，供中国当代诗的专业读者欣赏。

在 CA4101 航班上

张新泉

我侧身看舷窗外的景色
靠窗的她，警觉地提了提胸衣
上天作证，我的目光只是路过
对那里的丰腴或贫困不感兴趣

> **伊沙点评：** 张新泉，四川老诗人，二十多年前我们在西安见过一面，印象中他是体制内诗人、新诗写作者、鲁奖获得者，不久前有人向我推荐了本诗，吓我一小跳：啥时候变这样的了？如果彻底全面地变成这样，那就是大彻大悟写明白了，写明白，一定是活明白了。

致普罗泰戈拉

查文瑾

你说人是万物的尺度
我想你说的一定是公元前五世纪的人吧
若是现在，你肯定反过来

伊沙点评：每个人对诗坛的了解都是有限的，都会有死角，我当然也不例外，本诗作者我以前从不知晓，当她在鄂尔多斯中国先锋诗会上一登台朗诵，我便知她一定是宁夏的顶级诗人，别人告知情况，果不其然。

仪式

程碧

我姥姥说
她们那时去登记结婚
负责登记的人会问
你为什么要嫁给他
一般都回答
因为他爱劳动

伊沙点评： 本诗作者是鄂尔多斯中国先锋诗会上的一个奇迹。首场赛诗会第一个出场，很多人眼中的"诗人家属"秒变《新诗典》诗人。对有一类人来说，口语诗是容易的，什么人？现代人。我想本诗作者正属此类。

第八辑　钢铁侠灵魂

钢铁侠被迫生活在垃圾堆里
垃圾挡住了他的视线
苍蝇萦绕在它的耳畔
难怪它紧握双拳
满脸愤怒
却又无可奈何

——吴雨伦

雾

陈强

日吉洛达的雾
如同海洛因在燃烧
我贪婪地吮吸
这母乳般的空气
像"四号"忠诚的信徒
跪在忧伤的荞麦地
生不如死
我望向屋后山坡
那天和地交合成胎
却从未出世的色彩
陷入茫然
难道
我们这一群人
只有在火葬那天
才是最傲慢的王

伊沙点评：诚如我在西昌学院讲座中所讲——到达大凉山，更感吉狄马加的写作是一座大山，就是那种传统的代言式的写作，直到写出《孤独的炸弹》，我才写出我发现的大凉山——写时，我并不知道我所揭示的矛盾种种何在，直到有人告知我，直到本诗印证了这一点。这是一位九零后彝族诗人写的诗，我此行并没有见过他，是在事后一位志愿者发给我的，我觉得他比诗歌周去的大部分中外诗人写得好，也是近期以来最好的一首推荐诗。

钢铁侠灵魂

吴雨伦

宿舍里买了一个钢铁侠模型
美国制造
大概三十公分
纯银色外观
金属光泽纹理清晰
可以假乱真

它被放在桌子上
但是桌上通常很乱
可乐瓶、雪碧罐、麦当劳
水果袋子、剩饭盒、废纸
桌面都是些污秽的东西

钢铁侠被迫生活在垃圾堆里
垃圾挡住了他的视线
苍蝇萦绕在它的耳畔
难怪它紧握双拳
满脸愤怒
却又无可奈何

但它不能永远这样
终有一天
它钢铁之躯下的魂灵
将冲破

这肉体的束缚

在一个漆黑的夜晚
用它愤怒的双眼
烧尽这阻挡它的
无聊的　肮脏的
一切

伊沙点评： 听到一种说法——吴雨伦写得不像九零后，似乎更像六零后——如果指的是诗中所含有的人文精神，这当然是可喜的，但总觉得有啥不对……话音未落，此说未消，我见他写出本诗，这是只有九零后才能写出的诗或曰"九零后诗歌"。

拒绝

李宏伟

作为一个编辑，我有很多理由拒绝
特别是电话投稿的作者

"您好，我叫塞万提斯，写了一部长篇《堂吉诃德》……"
"对不起，题材已经过时，出版不了。"

"您好，我叫曹雪芹，有半部《石头记》……"
"对不起，请完稿之后再打电话。"

"您好，我是托尔斯泰，我新写完的《战争与和平》……"
"对不起，篇幅太大，可以压缩到二十万字以内吗？"

"您好，我叫乔伊斯，我的《尤利西斯》……"
"对不起，色情内容太多，标点符号太少。"

"您好，我叫李宏伟，我有一本……"
电话直接挂断，连一句"对不起"都没有

2017/09/23

> **伊沙点评**：李宏伟是鄂尔多斯中国先锋诗会的黑马。黑在何处？一是他过去的诗属于好而闷，这次一下子炫起来，从裁判心理学来说，闷诗即使好，也不好意思让其得奖，炫就不一样啦；二是他在一个活动中连续出好诗，最后一把拿下总冠军金冠。我说这位江油之子有潜力，果不其然。

书坛憾事

轩辕轼轲

岳飞抄出师表时
越抄越激动
题目是行楷
正文是行书
中段变成行草
写到临表涕零时
果然泪如雨下
成了狂草
倘若孔明当年
刹不住笔
多写几段
就能成全岳飞
挣脱怀素
独创出一种
飞体了

2017/09/17

> **伊沙点评：**话说那夜在鄂尔多斯中国先锋诗会最后一场赛诗会上，由于负责统计工作的王有尾同学数学太差（毕业于荷泽师专中文系），致使轩辕轼轲名落总成绩三甲之外，当后者忽然得知自己其实是并列总冠军时，大喜过望，立马起身加入帐篷舞狂欢队伍，咔嚓一声，一条腿骨折，金冠秒变金拐杖。

自我介绍

杨艳

我出生并生长于
福建沿海
但直到大二那年
去长沙
认识了一位
来自内蒙的女孩时
我还没见过大海
她对我说
"和你有一样的尴尬
我也没见过草原"

2017/09/24

> 伊沙点评：在多场新诗典诗会的诗赛中，都觉得杨艳从容而潇洒，她的写作一定首先让自己很满足而快乐，因为她是现代人，因为她写的是口语诗，一切就是这样简单（咱们别老退到零点去空谈）。在一场以"草原"为主题的诗赛中，你读到本诗什么感觉？你写得比我好也赢不了我！

无题

苏不归

金边的小僧侣
走在红色高棉时期
遗留的人骨废墟中
手机互拍

广岛的年轻人
约在原子弹爆炸后
烧焦的土地上
打棒球

重庆的老市民
聚在日本大轰炸时期
救命的防空洞里
吃火锅

新义州的中学生
坐在锈蚀的摩天轮下
面朝鸭绿江对岸的蓝天
写生

> **伊沙点评：** 本诗是近期推荐的最佳诗作。苏不归在变尖锐的同时变厚重了，他的好诗成本很高，需要出国去写，但也累积到了10.0，七年前，他是晚发现的八零后，现如今，已成《新诗典》的中坚力量。

臧否

西毒何殇

有尾指着
桌上的牛栏山二锅头
说
臧克家出狱的时候
喝的就是这种酒
葛优接他出狱……

不对！

忍不住问
真是臧克家吗？
他说，不是
是臧天朔

伊沙点评：这是一首当代诗。什么是当代诗？当代人用当代手法写当代事表现当代人情感的诗——换言之：怎么活就怎么写的诗。考虑到中国当代诗人的平均水平远远未达到当代诗，所以合格的当代诗就是先锋。

塔

湘莲子

一个女人
背一座塔
向南奔去
仿佛中邪

她本想朝北
等太阳落下之后
俯在平静的广场上
聆听亡者

2017/09/09

伊沙点评：感觉上湘莲子这几个月写得很"作"，写得很"放"，写得很折腾，最终最大的成果却结在本诗——一首静极的超现实之诗，这就是写作发生与形成的复杂与奥秘。

听力

宋壮壮

一阵风吹过
坐在天桥下坡
眼窝深陷
抱着三弦琴的盲老头
手伸进面前的
锈铁小桶里
取出刚落进去的树叶
扔到身后

2017/05/11

> **伊沙点评**：多么细！这是细节之细，这是事实的诗意之细——只有到了这种细，才是真本事！词语、修辞之细永远是第二位的，徒有后者便是假把式。不要说做到，抵达这种认识者，在中国诗坛实在人不多，我要向八五后诗人宋壮壮致以同行的敬意！

东福寺

里所

灌木团团
像圆脑袋的小沙弥
蹲在雨中
青苔闪着绿光
绿色是会咬人的吸盘

细密的雨珠
从天宇飘落
树木的香味涨开
在桥与桥之间蒸腾
挂在松针针尖的水
亮如盏盏星星

我在此时回头
身后寺院的屋顶
端坐小叶枫林中
层层叠叠充满我的眼睛
我感到身处宋朝的震颤
眼泪忍不住涌出

2017/09/09 京都

伊沙点评：又是一位八五后。七年前，《新诗典》刚起步时，八五后还是有待发现的盲区，现如今他们已然成熟，汇入整个八零后的队伍，与大八零后没有明显的区别。在技术上，里所有一点做得非常好：她的意象诗，不是词咬词，而是语言流。读过本诗，我更想去日本看看了，诗的氛围与感染力造成的。

伟大的战争

马非

我所知道的
堪称伟大的战争
不是特洛伊战争
不是苏联的卫国战争
不是吾国的八年抗战
而是发生在不久前
中印边境摩擦引发的
以小孩子过家家的方式
互掷石块摔上几跤之后
就不了了之的战争
双方的伤亡为零

2017.11.16

伊沙点评：这不是超现实的诗，而是现实超级写真的诗；这不是荒诞派的诗，而是写实派的诗。只是因为现实太过荒诞，写出来就是这副模样——但是，还没完呢，我斗胆揣测一下（凭我对作者的了解）：马非是暗藏讽意的，于是现实又一次比人的主观高明：这真的是一种智慧，真的是伟大的战争，所以本诗大过了马非，应该是一首颂歌。

放生

王有尾

重庆
朝天门码头的
游轮上
一个小女孩
正把吃出的鱼刺
双手捧着
扔进江里

2017/06/02

伊沙点评：本诗是作者应邀出席《新诗典》重庆两江诗会的采风成果。中国诗坛会多，几近泛滥成灾，比白吃白玩强一点的诗人是大写"应景采风诗"，质量无管制。以后，都以本诗为基准，"应景采风诗"不可因你的善意和态度而降低标准，它的标准只能是好诗的标准，而《新诗典》诗人生来就是榜样。

山羊

邢昊

一只山羊
误入画家村

房东一看
那撮胡子
笑着说：

又来了个
画牡丹的

伊沙点评： 写好诗的同时还要受到严肃批评，在中国唯有《新诗典》诗人群内部有此氛围。老邢昊似乎正在领受这个待遇，从沈浩波批评他"写不了当下日常"开始，蒋涛还是李异批评姚风"诗总是距自己五米远"似乎也适用于他，他的内容太题材化了，自身与诗之间老隔着一张书桌，这似乎是五零后、六零后的普遍毛病。

歌声让我生长

铁心

大巴车内
诗人们一路
齐声高唱
鸿雁
乌兰巴托的夜
蒙古人
首首澎湃
车窗外
草地
草滩
草原
白色的羊群
盛开的格桑花
纷纷涌来
我摸了一下自己的光头
突然
黑发茂密起来

2017/09

> **伊沙点评**：前一阵子，集体讨论了半天先锋，无人说到幽默感，无人说到自嘲精神。我似乎一直不好意思说，不好意思说我有人无的东西。但这两种东西太重要了，无此先锋不了。本诗正胜于此。

中秋记事

双子

不止是
电钻般的叫骂声
猝不及防的摔门声
就连碗碟的磕碰声
夜里的呻吟声
都听不见了
隔壁这对
人间蒸发的小两口
还真让我有些
不太习惯
直到半个月之后的
这天夜里
快睡着时
一阵婴儿的啼哭声
突然穿墙而来
持续了半分钟左右
蜷在被窝里
望着漆黑的卧室
这素未谋面的小家伙
竟让我
这个决绝的丁克
有了一丝动摇

2017.11.20

伊沙点评：在一首诗中看到一个丁克的感受——在《新世纪诗典》各本书中，你会看到中国人活得丰富多彩，绝不只是"活着"，而是真实地"生活"，想把我们当成符号的外国人自然是不愿意看到的，保守落后的中国诗人自然也写不出生活的真相。内容的丰富多彩，是形式功能的体现，口语诗就是先进表现力。

我出生在福田寺

蒋雪峰

我出生在福田寺
并不是说　一生下来
就出家了
福田寺是福田坝
一座宋代寺庙
1965年　我出生那年
和尚被轰出去还俗
无家可归的果满
重新回来
只能为学生敲钟
不再敲木鱼
福田寺成福田小学
我的母亲是校长
大雄宝殿变成教室
外面一块庙产
成了学校的麦地
六一儿童节
每人两个黑麸面馒头
我就生在　进寺右边
斋堂隔出来的宿舍里
记忆里窗外是菜地
四季豆　黄瓜　茄子
长势都没有我良好
前年我回去

一个老者在喊我小名
姓雷　当年的村书记
这个把千年桂花树
大卸八块的人
女儿喝了农药
妻子疯了
他现在做了居士

我出生在福田寺
也是这个世界　唯一
给它写诗的人
耿耿于怀的是
到现在也没能够把
那棵桂花树
写活

伊沙点评：实力型好诗！一个多月前，在西昌国际诗歌周，与姚风闲聊时无来由地提及蒋雪峰，一致盛赞之，一致认为：这是一个被诗坛严重低估的诗人。一个诗人被严重低估了，其朋友圈当反思：为何你们指天指地却指认不了朋友的诗？他自己当反思：我这样的朋友圈有何用？

肩胛骨

周瑟瑟

不要让人偷走了
羊的肩胛骨
那上面写了
一家人的信息
不要自己动手
拿肩胛骨吃
主人会把其中
最好的那一块给你
我摸到了
我的肩胛骨
比羊的小多了
包在皮肉里
支撑起
我要写下的文字

伊沙点评： 在以往的推荐语中我说过周瑟瑟是个很有爆发力的典型的诗人，也就是说是个传统的诗人，这会让他的文本中含有传统的杂质，从现代性上来说显得不那么干净，这应该是他在今后的写作中加以提纯的。

在贝子庙

吴少东

青色的云在收拢
空中的草原依然浩大
我们坐在贝子庙的台阶上
抽着烟,看阳光穿透云层
夏风干爽,风向不定——
我的烟飘向你,你的发梢拂及我
远处的喇嘛,在云影里
露出臂膀,摇着一串钥匙
走来

> **伊沙点评:** 考虑到吴少东的入选诗作偏于保守比较传统,我有一言相进:与其整日发激奋之言,做维持诗坛秩序的事,不如每天念一遍六字箴言:现代!先锋!向前!对于归来者,安于现状,并不安全。

母亲的忧伤

杜思尚

1958年的天空飘着雪花
母亲放下跃进二渠工地上的泥筐
就向家奔去,推开门
看到五岁的大哥
正抓起地上的鸡屎,往嘴里送

三岁的大姐正要挣扎着站起来
又倒了下去,大姐本来会走了
吃食堂饭后,又饿得不会走了
母亲从怀里掏出省下的菜团
大姐以为是菜叶裹着的馒头
靠在墙根认真地剥着
菜叶终于剥完了
手里什么也没有了

2017/03/12

伊沙点评:史失,求诸诗。但是,谁有意识与能力以诗写史——写出个人的当代史?唯有口语诗人也!本诗正是这样的一首小史诗,是《新诗典》所推荐的最有价值的当代国风。

新年献辞

尚仲敏

这一年，祖国的形势一派大好
天空万里无云
但朝阳群众看出了我的心事
台湾还没有解放，我还能不能过一个
愉快的新年
这一年，纵观诗歌界
有人诗写得好，人品不行
有人天天开会，拍案而起
写的东西不知所云
唉，这一年，有的兄弟出事了
我无心作诗，暗中努力
有的日进斗金，酒量大增
有的恋爱了，在所有的长度中
爱情是最短的
这一年，我常常仰望星空
是啊，谁都可以装作放眼天下
却不能装作笑看风云

伊沙点评：不光是《新诗典》自办诗会上订货，我受邀出席的任何诗会，也成了我随时订货的现场。本诗便是西昌邛海国际诗歌周上不多的收获之一。前阵论先锋，忽然很怀念1980年代的尚仲敏，那时的他可是真先锋，在《大学生诗派宣言》中为避孕套正名的话，绝对是革命性的，放到今天也掷地有声。我欣喜地看到，目前的老尚已恢复过去八成的功力。

棉花匠

向以鲜

迄今为止，我仍然以为
这是世上最接近虚空
最接近抒情本质的劳动
并非由于雪白，亦非源于
漫无边际的絮语

在云外，用巨大的弓弦弹奏
孤单又温柔的床笫。弹落
聂家岩的归鸟、晚霞和聊斋
余音尚绕梁，异乡的
棉花匠，早已弹到了异乡

我一直渴望拥有这份工作
缭乱、动荡而赋有韵律
干净的花朵照亮寒夜
世事难料，梦想弹棉花的孩子
后来成了一位诗人

伊沙点评：本诗也是我在西昌邛海国际诗歌周顺手牵来不多的几头羊之一，我看重它的原因有二：其一，写作风格不论，它有"事实的诗意"：棉花匠与弹棉花；其二，它有打动我的句子："梦想弹棉花的孩子，后来成了一位诗人"。

精神病院

西楠

这家精神病医院住着
一整个医院的医生和
唯一的病人
他们各显神通,无所不用
为使她在夜里醒来
不再看见影子跳舞

> **伊沙点评:** 作者是英伦海归,在以前举行的一次磨铁读诗会上见过,当时并未订上货。恕我直言,海归要想写好,必须在归来后补课,补你在母语中缺的课,因为母语现代诗一直在生长中。本诗有诗核,写得亦结实。

龙活音扎巴

韩勇

龙活音
有佛缘的老人
敦厚而温和
坐化成村落

> **伊沙点评：** 前三句，平常人写的，第四句，力大万钧也。本诗不凡，属于鄂尔多斯首届"中国先锋诗会"上的订货，"内蒙古诗人展"的漏网遗珠。这次诗会正在刷新历次诗会订货之最高纪录，于是"大妈闹场事件"便成了扭秧歌庆典。

愿望

李柳杨

找一个新的地球住下吧
那个地方不举行葬礼
我们像草一样躺下
又像月亮一样升起

> **伊沙点评**：李柳杨写好时颇有大师手笔，写不好时还带有学生腔文艺腔——这说明什么？说明你的写作还没落地，尽快落地是当务之急。年轻时的写作不怕不干净，不怕不成形，就怕落地晚，落笔处与身心的距离，与你诗的前途成反比。

东京都

刘斌

晚上十一点
电车停运
大批的上班族
沿着大路沉默
步行
马路被车流堵住
没有喇叭声
路边的按摩店
挂起牌子
欢迎他们免费
避难
只有一个小混混
与众不同
往相反的方向走
拔开人群
大声嚷嚷
末日到了
让开
让开

伊沙点评：刘斌的 5.0，对于九零后诗人具有启示性。在九零后诗人中，他是最早到达 2.0 的两位男诗人之一，另一位今天在干什么？还在骂《新诗典》吗？再艰难，再缓慢，也须咬定青山不放松。九零后，不管尔等是"宝宝一代"还是"贝贝一代"，反正该出的人尔等照样出，我特指为终生写作做好了长期准备的人。

我看过最感动的一部皮影戏

李海泉

十年前
冬天的夜晚
她拉上窗帘
批改我们的作业
偶尔伸伸懒腰
然后再将自己
熄灭

伊沙点评：第三代喜欢得意洋洋地谈论"怎么写"，他们认为"怎么写"高于"写什么"，我的观点向来是：形式与内容是血和肉的关系，而不是皮和肉的关系。"怎么写"改变了，"写什么"自然就改变了，本诗就是如此，一个妙喻，让新瓶装的不再是旧酒。

无题

阿煜

因为好奇
买了两本
中国文化情色史
里面大量春宫图
是我青春期
隐秘的读物

今天收拾房间
发现这两本书
出现在父母
床头的书架上

伊沙点评： 本诗是长安诗歌节金秋诗会亚军作品，是归来的阿煜迅速迎来一个创作小高峰的见证。当前又遇公共事件，每逢公共事件必生怪象：外界指责诗人不说话者有之；诗人指责同行无表现者有之——比较亢奋的往往是泛抒情诗人，他们昼思夜盼的公共灵感来了！其实这些问题口语诗人天天在写，本诗所揭示的家庭性教育的缺失问题难道不是酿成大事件的因素之一？

惩罚

吴冕

为了奖金
我违心地写了两首抒情诗
参加一个征文比赛
从那以后,很长的一段时间里
我都没有写出过好诗
这一切
都被我认为
是诗神在惩罚我

> **伊沙点评:** 多么好!啥叫后现代?这就叫后现代。这也是九零后应该写出的诗,应该有的样子,出自一位在校生之手。我发现,自打我给出"在校诗"这个概念后,是不是早熟型天才,就看得清楚多了。

这就是时光

李琦

这就是时光
我似乎只做了三件事情
把书念完、把孩子养大、把自己变老
青春时代,我曾幻想着环游世界
如今,连我居住的省份
我都没有走完

所谓付出,也非常简单
汗水里的盐、泪水中的苦
还有笑容里的花朵
我和岁月彼此消费
账目基本清楚

有三件事情
还是没有太大的改变
对诗歌的热爱,对亲人的牵挂
还有,提起真理两个字
内心深处,那份忍不住的激动

伊沙点评:本诗是西昌邛海国际诗歌节中国诗人所展示的最佳诗作,中国方面的最佳,也基本就是整个诗歌节的最佳了,因为外国诗人展示的是打折的译文,或许还因为经过四十年一心一意的追赶,我们已经做强做大了。这也是李琦大姐在相隔五年之后再现《新诗典》。

第九辑　美好的循环

他们就准备烧衣服了
把你们不要的旧衣服
都捐献给他们吧
如果不方便送去
就让轰炸机把这些衣服
空投下去

——艾蒿

在涿州

侯马

我在涿州当过老师
带全班去周口店
看山顶洞人
骑自行车回去路上
我唱了一首歌
张楚的《黄土地》
唱毕
同学们举双手
鼓掌
结果在公路上
摔倒一大片
不能当老师啊
孩子的心太纯真

2017/10/14

伊沙点评：前不久，跟老G说起侯马——以最无诗意的职业，却当成中国一流诗人；在无法享受中国著名诗人各种待遇的情况下，却让诗的纯度成色越提越高。偌大中国，无出其右者，仅此一点，便令我敬佩！今天，值其五十大寿之际，以最隆重的推荐为其祝贺生日，用一首书写我们当年实习生活的高纯度的好诗。

知果法师

从容

她从大悲殿迈出来
身后跟着一只猫
穿过光影深长的回廊

她坐在阳光下
隔着寺庙的木桌
回答一位香客的问题

我和猫在偷看她
手机响了
她拿起，
锁屏上写着四个字：

"爱人有罪"

伊沙点评： 在中国诗人访俄名单看见"从容"二字，我的直觉是放心，她绝对不会丢中国现代诗的脸。反倒是几个鼎鼎大名，也只是名字而已，他们不会有一行诗让读者有一瞬间的感动或智慧上的启迪。作为中国最好的抒情诗人，她正在由热（抒情）转冷（抒情）。

达基沙洛故乡

吉狄马加

我承认一切痛苦来自那里
我承认一切悲哀来自那里
我承认不幸的传说也显得神秘
我承认所有的夜晚都充满了忧郁
我承认血腥的械斗就发生在那里
我承认我十二岁的叔叔曾被亲人送去抵命
我承认单调的日子
我承认那些过去的岁月留下的阴影
我承认夏夜的星空在瓦板屋顶是格外的迷人
我承认诞生
我承认死亡
我承认光着身子的孩子爬满了土墙
我承认那些平常的生活
我承认母亲的笑意里也含着惆怅
啊，我承认这就是生我养我的故土
纵然有一天我到了富丽堂皇的石姆姆哈
我也要哭喊着回到她的怀中

伊沙点评： 要想了解一个人，就去他（她）的家乡看一看。去大凉山转了一圈之后，我似乎更加懂得吉狄马加的诗。在私下聊天中，他也不讳言自己为中国的"少数民族诗歌"发明了什么贡献了什么，将这条路走通，走向世界，殊为不易。

历史狗

起子

日本人来了
开着军艇
日本人开着军艇
又离开了
但他们的一条狗
留下了
这条狗跑到
各种小吃摊前
像人一样作揖
乞讨食物
然后又跑去码头
等日本人回来
日本人并没回来
我的干爷爷
收留了这条狗
多年以后的
一场运动中
因为被人揭发
这成为了他
叛国的罪证

2017/09/18

伊沙点评：从诗江湖时代的边缘诗人到《新诗典》时代的主力诗人，这就是起子在过去七年给自己的一个交待。事实上，《新诗典》主力诗人已经完全打破了中国诗坛的格局，靠的只是自己作品的实力。起子毫无疑问是"事实的诗意"的实践者，以我之见，可以由"事"向"诗"多偏一点。

喇叭花

刘天雨

我坐在
漫山遍野的
喇叭花中间
静谧的午后
我被震天动地的喇叭声
包围着

2017/08/25

伊沙点评：与起子相似，刘天雨也是从诗江湖时代的边缘诗人成长为《新诗典》时代的主力诗人的，警察的职业延缓了他的节奏，但并未熄灭一颗好诗之心。本诗告诉你：通感的技巧被口语诗人拿来运用得更加自然。

小雨转中雨

袁源

妻子在灯下
给我掏耳朵
她掏一下
窗外雨声
就大一点

> **伊沙点评：**我们也别老抱怨别人不选择你现代诗、先锋诗、口语诗，没有才华，选择便成受罪。一旦选择，必是双向选择，袁源在西安便是如此，一切启动于他先有才华，然后被我相中，然后才有了后来。他是《新诗典》土生土长的诗人，也是长安诗歌节在本地的同志。本诗的可贵在于还原到感觉的原点，而这是不容易的。

动静

刘德稳

一片红叶掉在地上
哎呀一声
更多的红叶
跟着从树上掉下来
三天后
落光叶子的树
收起自己的声音
你会看见
每一棵大树上
都有一枚绿得发黑的叶子
站在高处
为冬天守灵

> **伊沙点评：** 相对完善的自然生态环境，是老天爷对云南人的馈赠，感恩是必须的但也不必拿此炫耀说事，正常的云南诗应该有城市有小区，而不是一座大植物园，更不该给植物打文化针，以满足自己的土司梦。本诗写得好，作者笔下的植物是有灵性有灵魂的。

装神弄鬼

周献

上个世纪末
有很多在北京大学蹭课的
有老外　也有我
有一天一个老外坐在我旁边
坐立不安
下课时喜欢问各种中国问题
他说他酷爱中国女孩
就像酷爱中国武术
他想装下中国文化
超过他现在的中国语言
要吃午饭了还缠着我
我急于骑车回圆明园校区
就不太礼貌地撂下了一句
你学会了装神弄鬼这个词
你就懂了神州的一大半
剩下他在教学楼门口发愣
然后我在回去的自行车上
越骑越慢
被风沙吹下了眼泪

伊沙点评：很多现象，在《新诗典》之前，只是印象，在此之后，成为事实。譬如说"六零后诗人"，到底有多强大，我每半月强留出的五个"新人"名额，他们至少要占去三个，真是初心不改空前绝后的一代人，我相信这是一个世界级的现象。本诗作者正是六零后，是我躲藏在黑暗中的知音，是在远离文化中心之地按照自己的理想健康、清洁、高贵地生活着的人，其诗也写出了上世纪特有的气息与质感。

红了

刘杰

饭局上
听说你
在一部热播剧里
出演了角色
大家都说
你要红了
这时
一道螃蟹
端上了桌

伊沙点评：刘杰的诗并未在鄂尔多斯中国先锋诗会现场订货，但他站在宾馆门口让我看他的诗，我知道他行，回来看邮箱，果然有好诗。这次大妈闹场的诗会竟成典史上入选诗最多的一次活动，真是老天不负有心人！还有没有"遗珠"？请尽快发给我。

龙门石窟

虎子

伊河两岸
2345个窟龛
近十万尊佛像
最大的17×14米
最小的只有两厘米
错落有致的排列
如同天下的佛祖
在此召开大会
仔细观察发现
大大小小的佛
有的缺胳膊少腿
有的五官致残
有的有身无首
像是刚刚经历一场人间劫难
站在卢舍那大佛面前
看到大佛残缺的左臂
我失去了拜一拜的勇气

2017/11/21

伊沙点评：又见诗人到处采风，写些无节操的破玩意。我们应该自建行规：如果你写的采风诗，写不过当地诗人，就不要写，至少不要拿出来丢人。以本诗为例，到洛阳看龙门石窟，写不出本诗，就不要拿出来现眼。

丐中典范

刘昶

一个常在附近乞讨的乞丐
初次看见他是在一个夏天
他裹着破布躺在天桥下
身旁摆着一张白纸
上书：我是神经病

到了秋天，他转战超市门口
用一块白纱布贴住了左眼
改日又将纱布贴在了右眼上
此后，两只眼睛轮着贴

到了冬天，他又躺到了一个十字路口
身上裹了块广告横幅
顺着身子正好四个字：
教
育
典
范

伊沙点评：六零后在疯抢"新人"名额，如此好诗岂能不抢？六零后还有多少好诗人被压在铁板下面？天知道！《新诗典》的使命就是尽量多地把他们挖出来，让他们的好诗早见天日，他们把诗投给我，真是一种托孤般的信任。

和平奖

曾入龙

2015 年，穆加贝获某和平奖并拒领
2017 年，穆加贝下台了

"这就是拒领的下场。" 2017 年 11 月某日
某和平奖评委如是说

伊沙点评： 记得几年前，我开始在自由来稿中成批量地发现九零后诗人，我是多么兴奋！后来便习以为常，终归麻木，现在重又兴奋起来……为什么？恐怖的六零后把"新人"的空间压小了，现在发现的九零后比以往实力更强。本诗告诉我们，公共事件、二手材料一样可以写得好，只要你灵气十足。

时差

莫沫

此时秋雨

下个不停

暮夜　跟随

着晚你六个时辰

的日落和

即将降临

的黄昏

下了一宿

的秋雨

沙沙的

响声

抹不掉

恶梦中

醒来时

你不在我身边的

恐惧

我离你何止八千多公里

浓黑浓黑的

夜晚与你的相似

但窗外的美景

挂在窗外

二十余年仍未

遭强拆

公路边一所

田园别墅挂了卖房的
招牌
一平米一千五欧
今晚做梦住进
那所公路边的
田园房

> **伊沙点评**：莫沫肯定是这个星球上非华裔用中文写诗的人中写得最好的女性。读她的诗，中国大部分的诗人应该感到脸红：中文是你的母语，但你们的诗能写得这么"溜"吗？能吗？

研究死人的人去世了

维马丁

研究死人的人去世了
这听来很滑稽。
生前他自己说是研究死人。
其实大部分人都研究死人,
有的偶尔注意活人已经很好。
大部分时间注意
今天写作
的人
都是读者和作者。

安息吧,研究家。

老师
安息。

2017

> **伊沙点评**:维马丁肯定是这个星球上非华裔用中文写诗最好的男性,可能是离长居中国(包括台湾)的年代久了,其诗之语言不像莫沫那么"溜",但其诗的结构、思维方式,特别像中国口语诗人,维马丁可以帮咱们检验一下:这样的诗在德语文学中先不先锋?

对天发誓

沙冒智化

我相信明天会有太阳
我相信云彩会聚集在你的课本里
我相信地狱的存在
我相信自杀后的幸存者
我相信她还爱着别人
我相信上帝的妻子是个寡妇
我相信核弹是天堂的礼物
我相信人类不会绝种
我相信佛祖抛弃了妻儿
我相信轮回的意图
我相信来自信仰的统治
我相信诅咒的来源
我相信躯体里能种植灵魂
我相信明天会更好
我相信安拉不是战神
我相信食人的事实
我相信死人
不会死光

2017

伊沙点评：又有很多人该脸红了，因为又是一位汉语并非其母语的优秀的诗人，他来自国内，来自西藏的藏族，藏族诗歌背负着很重的抒情传统，对于现代诗未必是好事，本诗让我看到了另一种可能：用理性的批判去冲淡抒情，形成密集的富有冲击力的佳句群。

归宿

黄开兵

之前
我们壮家人没文字
死了
就坟前立一片小石头
年代久远不知是谁的
这坟就没人扫了

2017/10/24

伊沙点评：又是一位汉语非母语的少数民族诗人，来自广西壮族现居广东深圳的黄开兵。《新诗典》推荐过的广西诗人绝大部分都是来自壮族，我觉得同行欠他们一个致敬：即汉语并非其母语，而大家又很容易忽略这一点。本诗正好讲的是语言——母语的致命性。

杭州城站

摆丢

一个中年男人
背靠着墙
一动不动地
坐在售票大厅角落里
像座雕塑
身前横着鼓鼓的
两袋行李
他表情扭曲
看上去很痛苦
一定是生活
馈赠了他什么
当他的目光
与我相遇
他低下了头
我也立即去赶车
我能感知
他的痛苦
十三年前的春天
我在这个位置
睡了一夜

2017/11/18

伊沙点评： 还是那个非母语写作的叫人脸红的话题，摆丢来自贵州苗族，也属于这类情况。一个未经事先策划的议题，来自自然产生的一期，十五人中有五人（三分之一）属于非母语写作，这真是太有研究价值了！摆丢个人的写作，似乎跟七零后诗人整体一起迎来了"新鲜感下降，厚度上不去"的尴尬阶段。

孤僻

左秦

是太过于孤僻了,
我作为半个聋子,
都能听到,地球另一面的雨声
和一只蜗牛
抬起头用两万颗牙齿
咀嚼草叶的声音。

伊沙点评: 这是一次让人痛心的推荐。我的邮箱还清楚地记录着作者生前向《新诗典》的十次投稿、向《长安截句》的一次投稿,均告落选。那是一些急就章式的习作,一部分中了废话、不解之毒;另一部分又一副以为口语诗好欺负的样子。我知道这是一位自视过高而失去了对诗歌的敬畏之心与平常心的校园才子,中毒不浅,病得不轻,但我并无责任与义务忠告他什么,我想生活也许会修正他,没想到悲剧忽然发生。本诗是在他死后,《新诗典》诗人柏君推荐给我的,在本诗中,技巧与情感终于不再是两张皮。

子时香

柳影江风

丁酉年正月初一
临近子时
这座寺庙的
头炷子时香
被明码标价为
人民币六千元
主持以诵经般的声调
报出这个价格
我赶紧扶住
我正在下跪的身子
缓缓站起
走出大殿
因为这里的菩萨
只庇佑富人

2017/01/28

> 伊沙点评：用最简单的手法，一击中的，一击致命！让我们恍然大悟：是啊，与宗教相关的活动，搞得我们智力下降！作者就是那种最近常见的现象：发现"新人"去，带六零后回。

祸从口出

罗裳

那天中午
他记得很清楚
妈妈难得做了一大桌菜
全家人围坐在餐桌前
他夹了一块猪肉
幸福地说好大啊
妈妈脸色变了：
只有家里死人
才可以吃大肉！
他惊恐不安
日夜思量那句话
直到爸爸车祸离开
他还没想出办法挽回

2016/08/31

伊沙点评：在今天，这依然是佳话——黄开兵发自己稿子时向我推荐其妻罗裳的诗，在此之前，我隐有所闻：其妻也是诗人，最终以文本定，本诗得以入选，是非常中国、中国人、中国文化的诗。祝大家平安夜快乐，永远平安！

完美主义者

吾桐紫

给若昕扎头发
才发现出门时
忘记准备发卡
梳好的发型
怎么看
都觉得不够完美
在去诗会的路上
发现走我前面的
诗人王有尾
头发上
别着一枚发卡
惊喜之余
我心里暗想
如果能
要到他头发上的发卡
就完美了

2017/08/28

伊沙点评：咦，又是以王有尾为诗歌人物的诗入了典，他真是"福将"吗？首先，我觉得诗人特别善意特别诚实，在王有尾身上发现诗意得有耐心，转瞬即逝，他另有绰号叫"王做作"。圣诞节，我们请《新诗典》百分之百的诗歌家庭的主妇为大家祝贺节日！

不敢相信

蛮蛮

我和姐姐弟弟小的时候
母亲总对我们说
要不是为了你们仨
我早跟你爸过不下去了
姐姐出嫁以后
她常对我和弟弟说
要不是为了你们俩
我早走了
后来
我和弟弟都去外地上学
她又说
要不是为了你们仨
有个家可以回
我早就不想守着它了

伊沙点评：蛮蛮与口语诗的关系似乎是天生正好——这样的关系是否就是最理想的呢？不一定，如果是天生自发，那还将经历一个自觉的阶段。在近四十年的当代诗歌史上，有不少人是十首以内的天才诗人，十首以上啥都不是，作为整体甚至反动腐朽，那就是永远停留在自发阶段的诗人。

不够深刻

高歌

画师父亲叫来
刺青师儿子
在镇政府大院
廉政文化墙前
头顶烈日
忙活了七八天
终于画完
清官们的画像
包拯
于成龙
海瑞
曾国藩
林则徐
……
栩栩如生
父亲一脸得意
儿子却嗤之以鼻:
"要是真管用,
我刺他们一身!"

伊沙点评:到了年底这一大组,选诗自然形成了非母语方阵加代际方阵。今明两天是两位八零后,一见高歌,我倒吸一口凉气:又来一齐鲁系文艺青年!又回了半口热气:好在他愤怒,还是个愤怒青年!八零后是时代允其幼稚的第一代人,他们便回报以晚熟,可是啊,诗途漫漫无老幼,诗神不等人!

放生

游连斌

同事苏某在去
高级中学后山
将傍晚家里套房
惊现的眼镜蛇
放生
途中
接到小区楼下
野味馆老板
的电话
说那蛇是从他们店里
逃走的
长两米
重三斤多

2017/09/13

伊沙点评：其实，老游（游连斌）一直在进步，但被小游（游若昕）给遮蔽了，不论进步幅度如何大都显不出来，不过对老游来说，他也许乐得如此，这该叫"被幸福遮蔽"。

菊花

叶臻

父亲手术出院
将医院配给的
塑料尿壶、痰盂、脸盆
都拎回了家
尿壶还做尿壶
痰盂还做痰盂
脸盆刚开始还用来洗脸
后因出现裂纹
就被父亲添了些泥土
用来养花养草
父亲去世时
尿壶还在床底
痰盂还在床侧
已成花盆的脸盆
在窗台上
开出了几朵
黄白的菊花

> 伊沙点评：《新诗典》发现的六零后诗人中最有实力的一位，也是安徽诗人中少有的不借助诗内外的庞然大物来进行创作的严肃诗人，一年之内两次夺得长安诗歌节现场奖冠军。享受他的杰作吧，用不着多说什么。

美好的循环

艾蒿

浓烟燃起的地方
会让轰炸机误以为
这里被轰炸过了
他们烧起了旧轮胎
烧完旧轮胎
他们开始找塑料袋
塑料袋烧完
他们就准备烧衣服了
把你们不要的旧衣服
都捐献给他们吧
如果不方便送去
就让轰炸机把这些衣服
空投下去

伊沙点评：有个记者问陈佩斯——"你为什么很少得奖？"陈回答："我人干净。"——此话完全适用于艾蒿，其诗本来就是中国清洁指数最高的诗。如果以十二年前他以三首入选老诗典作为出道的标志，他出道十二年来直到刚刚以满分摘取第五届"唐·青年诗人奖"才告打破得奖荒，原因正在于：人干净。让干净人为我们开启新的一年，用一首不周延而更显现代的回环诗。

单身生活

左右

去电影院
敢一个人看恐怖片
不敢一个人看爱情片

> **伊沙点评**：据说左右是中国目前在纸刊上见刊率最高的诗人，在自由发表时代无甚光荣可言（稿费倒是赚了不少），还受到垢病。我再说一遍：左右，你想当大诗人，《新诗典》负责不了，因为你的泛泛之作不是我发的，大诗人的底线当有铁卫死守。本典所能做的，就是记录你的进球，好在你目前还能进球（甚至比垢病他的人进得多、进得帅）。

女诗人

闫永敏

十几个诗人
在咖啡馆包厢里
读诗
听诗
评诗
两个女诗人给大家拍照
男诗人说
别拍了
要专注于诗
女诗人说
没关系
我们就是怀着孩子
也能干很多事

> **伊沙点评**：这是一首大诗，写得很厚。有人哭着喊着要写厚重的大诗，结果只留下一个虚肿的模样。他们不晓得以小见大，以偏见正，以轻见重。闫永敏由本诗增重了，一首伟大女性之歌！

你见过大海

轩辕轼轲

闲聊时
韩东突然想到
一个新剧本的道具
便问沈浩波
装三十万需要多大的箱子
沈浩波用手
比量了一下体积
韩东笑道
"你见过大钱"

2017/12/03

伊沙点评：新年改变旧习，但我也未刻意，三首富有新意的灵动之作开篇，这才发现它们全出自八零后之手。现在我推荐一首存在之作，发现它出自更成熟的七零后。行之诗之最高境界，正在于写出人之存在，四车诗人做到了，他此次访俄之诗总体表现相当出色，可给采风级别的那些诗人做教材。

第十辑　红绿灯

她挨个敲车窗
乞讨
在红绿灯路口
等红灯的间歇
不开就给人跪下磕头

——东岳

寒衣节的前两天

徐江

他们早早就在各个路口
点燃冥币和装裱
一簇簇旺火
夜色下沿路排去
像电影里机场停电后
迎接降落的跑道
有人弯下腰
拨弄地下的火团
那时又像极了灾区的居民
在避难所颠锅
炒一道回锅肉

伊沙点评： 六零后的优势是人文，是精神深处的怀疑与批判，本诗的优异之处还在于在向前的冲刺中忽然来了一个肥罗式的踩单车式过人，滋味变得更复杂了，而且与全诗的氛围、格调、技巧融于一炉。

白发

庞琼珍

我已能接受白发
去探望公公婆婆时
丈夫劝我染发
理由是
咱俩的头发不能
比爸妈的白

伊沙点评： 最近我爱说一句话——"我们的写作要对得起自己的年龄"。本诗就是一首对得起自己年龄的佳作，它里面饱含"人情世故"——在中国这通常是个反义词，中国人不知被谁培养成了二元对立狂，譬如：有"智商"与"情商"之分，在诗上更糊涂，以为不谙世事的所谓"赤子"更能写好诗。事实上，"情商"低就是"智商"低，"诗商"必然也低，现在他们会退一步说：你们口语诗是如此——瞧，书面语诗又成了他们的挡箭牌与遮羞布。

教堂

庄生

父亲走了
父亲建的教堂
还矗立在村头
每个周末,都有人来教堂
祷告
然后扛着锄头
下地

伊沙点评: 容我再一次佩服自己的听力,本诗是去年八月惠州诗会订的货,在作者近期一组来稿中,依然高高在上。新年伊始,庄生拒奖,莫名其妙,作为一名出生于1985年的诗人,能够取得今天这样的成绩,似乎不该戾气太重。

果子未熟

君儿

在网上
买云南野生香蕉
下了单
交了钱
好几天没消息
我问在线客服
怎么回事
她说果子还没熟
等熟了就
给您发货

> **伊沙点评：** 本诗是从现代的事实中发现了传统的诗意，也说明现代诗与传统诗绝不是"断裂"而是"暗合"与"拓展"的关系。对君儿这样的诗人来说，写出这样一首诗，难度也有点低，属于很经济的过杆。

红绿灯

东岳

她挨个敲车窗
乞讨
在红绿灯路口
等红灯的间歇
不开就给人跪下磕头

一辆
二辆
三辆
她都很顺利地获得了满足
但她很快地越过了第四辆
逃了

第四辆是一辆警车

> **伊沙点评**：本诗并未多奇，但对东岳来说，殊为不易，尤为难得。就像有人天生平衡能力差，有人在写作中平衡能力差，很难获得一次完美无缺的漂亮完成，我觉得东岳就是如此，而本诗的完成分可以打一百，你说我该不该推荐？还有我愿意与1991年便认识的老朋友交流一下心态问题：既然同行不认为你是天才，你干吗还要证明你是，干脆把所有包袱都抛给那些自认为是天才的人吧，走到今天谁怕谁？

吃

苇欢

一位澳洲
女诗人
现场朗诵时
表演吃纸
听众都认为
这样
是很先锋的
她说这算什么
在澳洲时
她还曾吃下
一小块澳洲国旗

这样算来
人类祖先
更先锋
直接
吃人

伊沙点评：这当然是一首先锋诗，一首充满怀疑与戏谑的解构之作。但是，它在力度上不太够，因为你是在用想象、推测解构，而不是事实的诗意。

众生

李东泽

我记得一个诗人
给他的狗起名
拿破仑

我也隐约记得
一个和尚说自己
是一坨大便

耶稣也曾说自己是牧人
羊的门
信他的人
得永生

信他的人
我见过很多
一个挣扎在病危间里
不肯闭眼

2017/12/26

伊沙点评： 在这一轮全球化的雪潮中，为大家推荐一位来自雪国的诗人——来自黑龙江大庆市的李东泽。我们已经十一年没有见过面了，这个世界好生奇怪，无奇不有，既有安琪式的女会王，又有李东泽式的男会荒——在诗外之事上，我信奉中庸之道，取平均值最好。因为我拿不准跟气味相投的同道适当泡泡，会不会让东泽写得更放松更自然更有平常心一点？

乌江记事：弄潮儿

倪金才

河水暴涨
淹过古镇的石堤
冉茂松腰拴一截长绳子
跳进河里捞木柴
罗继科撑一条小船
从江面上捞死猪或者死人
更多的男人跳进江里
寻找自己中意的东西
他们的女人站在江边
看他们在浪里搏斗
与命相争
有的回来了
有的跳进江里
变成了下游浮动的尸体

> **伊沙点评**：一部好的系列诗选，就是一部中国当代史的浩瀚长卷，从中可以看到中国人民的真实生活——《新世纪诗典》正是如此，本诗正是我们所需要的诗。

爱情一解

张斌

明哥连续买了十个月猪肝

连续炒了十个月猪肝

连续吃了十个月猪肝

那是明嫂怀孕

患上贫血的时候

为让明嫂对猪肝食欲不减

明哥身先士卒

一餐如此

十餐如此

百餐如此

餐餐吃得很香很带劲

像战场上的先锋

为大军扫除一切强敌

伊沙点评： 我对本诗的评价是——实实在在的情诗。刚好这方面的生活经验我有，在生活中当过"明哥"，猪肝补血的效果真是立杆见影，便知道此诗不虚。写到最后，口语诗的文化性也成了最强，它所含的文化是从生活中提取的，不是从书本里抄来的。

夏天的颜色

曲奇饼

夏天来了,阳光大大的
太阳缓缓照在地面上
该是什么颜色就是什么颜色。

> **伊沙点评:** 四十年前,改革开放伊始,湖北小学生刘倩倩就得过联合国教科文组织举办的国际儿童诗歌比赛金牌,相当于一项少儿组的世界冠军——从那之后,未成年人写诗一直很受社会的关怀与重视。《新诗典》推波助澜,用推荐的作品告诉世人:未成年人可以跟成年人写得一样好,拿本诗来说,不告诉你作者的年龄,难道就不是一首好诗了吗?感谢苇欢的助攻。

活着

才旺南杰

我只要一支笔和一张纸
让我慢慢画下
在余生里的光辉

> **伊沙点评**：藏人特有的味道，那种形而下与形而上、今生与来世相通的味道，来自他们的文化、思维、血液，这是佛系小资或把西藏当文化符号玩的小文人怎么仿也仿不像的。

在雍和宫

沈浩波

在金色巨人般高耸入殿顶的佛祖像前
一个肥硕的
穿白汗衫挂大金链子的壮汉
啪一声
把自己砸在大殿坚硬的地砖上
看得我心惊肉跳
再站起来
再啪一声
二百来斤的肥肉
啪啪啪往地上砸
每一下都是
标准的藏传佛教磕长头的姿势
我原本还想磕头祈祷的兴致
一下子就没了
再怎么虔诚
也干不过这家伙像面粉袋子一样把自己往地上啪啪砸呀

2017/10/14

伊沙点评：天生特立独行的选家，不怕别人在其前面选——我，当然如此。这四个月里，沈浩波有两次外访，留下了两大组诗，于是乎，几乎所有选家都被带走了，但我细细读来，最佳诗作恰在那两大组之外，正是本诗。本诗好在哪里？好在这一个"砸"字，以至于其他所有的表达都大不过它。

面

朱剑

八月初回湖南老家
正式将我的户口
迁到了陕西西安
家中一位长辈说
你这伢子
这下就算连根走喽
返回西安当天
第一顿饭是去
跃进手工菠菜面馆
吃了碗油泼面
老陕管这
叫回魂面

2017/08/10

伊沙点评：迄今为止，《新世纪诗典》的推荐总人数是八百九十人，第七季结束时将达到九百人，第八季结束时计划达到一千人。老作者之间的竞争将日趋激烈，现在即使订了货，也未必能推荐成，朱剑在一月上半月就遭遇了这样的尴尬，两首在长安诗歌节的现场订货，被人在比较中PK掉了。好在他又被订了一首，便是本诗，这一首不会被PK掉了，因为积淀了太多的东西，户口至今仍是中国人生活中的大问题，至少是心中挥之不去的情结。

听来的一段故事

黄海兮

一个少年
跟他妈讲起
他爸和他一起做的游戏
他爸让他先跳
他让他爸先跳
两个人争执不下
然后他和他爸一起跳了

然后他妈问他
结果怎么样
他说,这事哪有什么结果
我也没明白
他们从哪里跳下去的

2017/10

伊沙点评:这是带有文本实验性的那一类先锋诗,黄海兮一直情有独钟,很好。有人只在先锋运动中做先锋诗人,有人则在日常状态中延续一生——随着中国现代诗的不断成熟,后一种诗人将出现并多起来。祝贺黄海兮获得《新世纪诗典》2017年度大奖——第七届"NPC李白诗歌奖·文化奖"!

广场舞的功效

赵立宏

晚上和妻子做爱
明显感觉到
她的腰细了
也更有力了

2017/07/24

伊沙点评： 祝贺赵立宏以两年高质量的点评无可争议地赢得了《新世纪诗典》2017年度大奖——第七届"NPC李白诗歌奖·评论奖"。这还不是最终的收获，对演员来说，"金杯银杯不如观众的口碑"，对诗人来讲，金奖银奖不如同道的褒奖，作为诗人的赵立宏在《新诗典》诗人的心目中长了不少分上了个台阶。至于本诗嘛，好玩死了！

煮妇

宋雨

将新玉米
土豆
红薯
和三个牛眼茄子
放进锅里
水汽上来后
顶得锅盖
发出一阵阵
哨声
仔细听
很像
青海姨娘家的表妹
十三岁
出嫁时的哭泣

2017/07/22

伊沙点评：宋雨一年一度的投稿到了，她的诗几乎从未选空。《新诗典》尊重每位诗人自己的节奏以及自己的存在方式，在网上认识宋雨十年，至今没见过面，如此不露面的诗人，不会在机会上输给常见面的诗人，这就是《新诗典》。想起新疆诗人，感觉像狼奔豕突，但最终纯度最高的却是天山的这一块冰，有人得哭死，折腾没有用。

地平线

无用

你一定走过夜路
而且是乡村的土路
高一脚低一脚
消失在地平线
如果还有人这么走来
那一定是我的父亲
揣着百元一张的崭新的票子
刚从十里外贩猪娃回来
走到家门口的时候
咣咣咣地跺掉
沾在鞋底下的泥巴

伊沙点评： 试想，如果将本诗翻译成书面语，"猪娃"怎么翻？幼猪？语言顿时死在了《辞海》里，书面语诗就是这么一种自己找死的写作。这样的诗比那些拉开架势的抒情诗，感人百倍。写诗，就是在高低深浅中寻找最佳位置与入手点，在这方面，作者的成活率还不够高。

炸药包

阿嚏

一小学生扛着书包回家
一老人问
你怎么不把书包背上
答
我扛的是炸药包

伊沙点评：估计不少人都有同感，但谁写出来写成诗就是谁的——这叫"抢写"、"先下手为强"。至此，一个自然形成的"七零后诗人展（周）"宣告完成。七位诗人，五位来自大西北，倒也耐人寻味。《新诗典》创办这七年，适逢七零后诗人迎来成熟期，《新诗典》也做出了自己应有的贡献。

日本

游若昕

日本是
岛国
学校把校服
做成了
水手服
把学生
培养成
水手

2017/12/14

伊沙点评：对我个人来说，读游若昕的诗是人生一大乐趣。大部分大人写不过她，并且不知道输在哪里。她的一颗童心是完整的，我们顶多保留了半颗残破的；她的诗商是天赐的，比绝大部分成人高；她写诗的动机和目的是纯粹的，对比着我们的一张张老脏脸儿。热烈祝贺游若昕同学荣获《新世纪诗典》2017年度大奖——"NPC李白诗歌奖·金诗奖"。诗坛只敢给孩子为孩子专设的奖，不敢让他们拿走成人的奖，本典又一次敢为天下先。

台风过后

张致臻

学校走到家
看到的
凤凰木全都断了头
榕树连根拔
唯独爬山虎
仍然永生呀
好手好脚
向着立交桥顶爬

2017/01/19

伊沙点评： 零零后这一块又有新发现——十二岁少年张致臻，他的诗里有台风，更可贵的是有南国的质感。另有一佳话，其父是第三代优秀诗人张小云，父子同典，又添新例。先不说基因，诗二代最大的优势是读什么书，身边有专业人士指点。

优秀快递员

陈放平

她之所以能成为
快递店里
最优秀的员工
是因为她
长了一口
好门牙
打包寄件时
她粘胶带的速度
最快

伊沙点评：前两天我们在长安的饭桌上盘点——零零后里的"成人"在《新诗典》；九零后里的"先锋"在《新诗典》……九零后尚年轻，先锋与保守，却已泾渭分明，中国诗坛的大格局永远不变。初读本诗，我直觉是诗对小说的巧取豪夺——这也是回报，曾几何时，我们对小说、散文中的某些精华片段，形容成：如诗如画。

烟

永俊艳

漆黑的早晨
玻璃像在
流泪
我们白色的
电动车
似城中的
一片羽毛
在转台边的
一辆兔唇银色小轿车的
眼影里飘

2017/11

伊沙点评： 本诗作者是韩敬源的学生，应该把我叫师爷的，但她的入选与此无关，就是我踏踏实实深挖一口井看自然来稿的结果。这是典型的庞德式的最正宗的意象诗（不是北岛式的浪漫主义词咬词），个人的灵气与鬼气（兔唇与眼影）竟然把我逗笑了。

南国

星尘小子

哪里有秋天
树叶哪里黄了
只有台风
和我手上蜕皮了
什么是麦子淹死在麦浪里
只见过
水稻田里捉泥鳅
出太阳下雨
和高大的棕榈树
那上面不长椰子
你别搞错了

伊沙点评： 星尘小子是我学生中毕业后才开始写诗的，就像我的同学侯马是毕业后才开始写诗的。他写得很踏实，已露后来居上的迹象。这是一首写南国的诗，充满了发现与南方质感，八零后诗人正在走向成熟，只专注诗歌的人成熟不了。

生计

马金山

天蒙蒙亮
包子店的老板
把包子坐上锅
就打着手电筒
去山上的庙里
换零钱去了

伊沙点评： 很高兴，某些伊沙语已经变成诗评流行语，譬如"这首诗是活出来的，不是写出来的"——本诗完全合乎这一条，让我长知识：原来零钱是从庙里换来的，这多有意思啊。不要说只有口语诗需要生活的知识，好的口语诗人必须是生活中人，给非口语诗一个把不好当成好的余地。

父亲去世后的第三天

大友

父亲床头的老年手机响了
从前的邻居打来的
他和母亲寒暄几句后
要我父亲接电话
母亲说我父亲出去遛达了
邻居说外面下雪了
母亲说他不怕雪
邻居说外面冷
母亲说他不怕冷

2018/01/08

伊沙点评：毫无疑问，这是一首口语诗，是冲淡手法表现的冷抒情。口语诗从未忘记诗的宗旨是抒情，它用不断拓展与丰富的抒情方式做着自己的贡献，反倒抒情诗是躺倒不干坐享前人的。六零后诗人由于年龄的关系，在深谙人情世故方面，表现得极为老辣。

最忘不了的

隐形鸟

陈老伯参加过抗战
现在已九十多岁的他
得了老年痴呆症
每天呆呆地坐在门口
有一次
一个矮个子男人
从他身旁经过
他随即两眼放光
操起棒子一抡
嘴里大喊
打死你这狗日的

伊沙点评：隐形鸟是以公号做公益选诗进入我视野的，感觉上是位女性，多选年轻人的诗，名字又起得萌，便以为是位年轻的女诗人。直到入选，我调其简介、照片，才知是位六零末女诗人，加强了六零后神话。六零后神话，原来也是不存在的，完全是《新诗典》七年选诗的客观结果。

无题

梅丹理

往后几年，不知要面对多少考验
我愿临考抱她的菩萨脚
泥菩萨的脚让我更热爱大地
如果有她过不了的河
她愿在那里游一整个夏季
她的泥，其实是白瓷器的坯

> **伊沙点评**：今天是我的戒诗日，读诗便被无形中放大了，很倒霉，早晨从读一首臭诗开始，那人本是臭诗匠，但却名气不小且在诗坛很受宠的样子。于是推荐一首好诗便成了一种必要的补偿，在本诗面前，多少中国诗人又要丢脸了！非华裔非母语的美国诗人把中文把汉语运用得如此娴熟自如，文化典故也借用得生趣盎然，应作者之要求，我书之以荐，这还是典诗上的头一遭。

黑白照

李勋阳

前段时间
朋友圈
流行黑白照
有朋友艾特我
也希望我加入黑白照拍摄
传递活动中来
我随手在路上拍到一张
一个卖水果的妈妈
收摊后直接用三轮车
接儿子放学回家的照片
将其调为黑白
发现变成黑白后
母子二人很像难民或流民
便失去了兴趣

伊沙点评： 何谓"先锋诗"？不但要有形式创新，还要有观念革新。黑白摄影在技术受限的时代曾经创造过它的辉煌，现在已降格为博物馆艺术，满足于怀旧的情调需求与业余摄影爱好者快速抵达的"像摄影"，既腐朽又反动——譬如其内含的暴力，本诗指认到了。一帮口语诗人乐此游戏，令我震惊不已：他们根本不懂口语精神与口语美学。要敢于对"自己人"说"不"，本诗正是。

高手

笨笨.S.K

卖凤梨的地摊上
写着：他杀十五元
自杀十元
准备付款时
老板问我，要他杀吗
我说，省一点
我还是
自杀
好了

> **伊沙点评**：当前陕西诗人，已是大路朝天，各走一边，泾渭分明，污泥归污泥，荷花归荷花，笨笨.S.K是荷花，是敢于汇入清流的。她的写作或许从整体上说还欠一点纯粹，可一但写好就是特别好，本诗再次证明，写绝了却又不失自然。本主持云南西双版纳推荐。

男女平等

蒋彩云

眼睁睁看着
一只公鸡
被杀掉
拔毛
开膛破肚
母鸡
默默走进窝里
下蛋去了

伊沙点评：蒋彩云沉默了一两年，经历大学毕业到开始谋生的人生大拐点，恢复得也不容易，但终于挺过来了，在长安诗歌节现场被订货就是最好的证明。本诗属于我欣赏的拥有"不讲理的好"的那一类。本主持云南西双版纳推荐。

一只羔羊

庞华

它发现一片墓地
十字架的墓碑林立
草长得很好
所以吃了一个饱

2018

> **伊沙点评**：西双版纳诗会的饭桌上，有人开玩笑说要评《新诗典》十大长得着急的诗人。我想的是：诗相呢？庞华长得着不着急，没见过不知道，不过诗相显老，更像六零后，好处是文化底蕴深厚，缺点是冲力稍显不足。本主持云南西双版纳推荐。

第十一辑　第七感觉服装店

其实我以我的年龄
迁就了
这个社会与你们
但也偶尔有点刻薄
走进第七感觉服装店
服务员对我说
"这里都是年轻人穿的
没有你穿的衣服"

——唐突

天葬台

曲有源

累死了才
爬到葬
台这
么
高
而依
靠鹰那
会飞的棺
材只能
缩短
和
天
堂的距离

> 伊沙点评：越写越好，内容越好，越让我感觉形式存在问题：原本的创新变成了自我重复，还有一点：不够自然。不过，到了这个年龄段还能精进，中国诗人少之又少，我在老挝向曲有源先生致敬！

我决定怀念他

魏晓鸥

在诺坎普

内马尔二十四岁

在巴萨 VS 巴黎的比赛

上演帽子戏法

足球游戏里

内马尔

三十九岁

在一家不知名的俱乐部

踢完了

最后一场比赛

含泪退役

伊沙点评：有意思，并非足球的意思，而是命运的意思——命运的意思也在于它的没意思：一个足球运动员，不论盛年时多么伟大，最终的结局无非就是退役。本主持老挝琅勃拉邦推荐。

无题

林紫

死神赐我绞索
我却用它努力攀援

2018/01/13

伊沙点评：好绝句！不是不可以向上，不是不可以励志，不是不可以正能量，但须有形象有诗性有语言，本诗即是典范。本主持老挝琅勃拉邦至茫赛途中推荐。

喜欢和欢喜

江睿

我写喜欢
妈妈叫我写欢喜
有多大差别呢
妈妈说欢喜更好
更像女人
但我还是觉得
喜欢好

2018/01/11

> **伊沙点评**：这是一个十岁孩子的语言敏感与自我坚持，恐怕有人一生也不具备，有人什么都相信，唯独不信自己的感觉。江睿相信自己的感觉，所以她成了小诗人。本主持云南西双版纳推荐。

乌鸦

谯达摩

我在追赶一只乌鸦
让它进入我的诗

乌鸦收拢翅膀
求我饶了它

它呜哇呜哇告诉我
爱伦·坡追赶它

快二百年了
从 1845 年开始

2018/01/14/

伊沙点评：很少见到谯达摩的日常短诗写作，如果这是实际情况，那肯定有问题，我感觉似乎是被大而无当的史诗情结卡住了，所以突然读到这一首，我竟感到很意外很惊喜，还是多写点这样的诗吧，少写史诗，少搞孔子和平奖。

李贺

王含玥

写一首

比

命

还短的诗

伊沙点评： 这是一首过目成诵的现代诗，让它流传吧！它出自年龄最大的零零后诗人（也已十八岁了）之手，来自西昌资深诗人发星的助攻。

忧伤

诺尔五萨

记得那年,大学军训
在庄严的队列面前
教官喊我唱一首歌
我唱不来歌。于是
朗诵了一首描写民族变迁的忧伤的诗
解散后,有个汉族同学对我说:
——你不该把你们的忧伤带给我们……

> **伊沙点评:** 多好的诗,来自四川西昌,来自彝族九零后,短短七行,胜过万言史诗,因其直面当下,能够写出民族与民族之间的心理微妙——这才是当代诗,这才是现代诗。仍然是来自当地资深诗人发星先生的助攻。

姐姐说

草木心

梦见爸爸，笑呵呵地
买回家一大兜水果
还是小时候，院子里的南屋。
兜子散开，苹果香蕉石榴红蛇果纷纷滚落。我对自己说，记住
这个梦。爸爸难得来看我，
去看妹妹更多。

> 伊沙点评：上个月，我在《羽翼》中写：爱与恨，都是种瓜得瓜，种豆得豆。有人在自己的家庭（最小的社会单位）中，不能施以公平之爱，必埋下日后生怨的伏笔。在家庭中不讲公平的人，到社会上会公平吗？在西双版纳—老挝行中，与几位年龄相仿的诗人探讨家庭小矛盾的根源，也说到这个。由此可鉴，本诗人生经验的含金量之高，来自高歌的助攻。

无题

沈熙雯

我问我妈妈
你现在的钱
够买一套别墅吗

我妈妈说不够
我又说
你不是
赚了很多钱吗

我妈妈说
我正在赚很多钱的路上

我说
你在赚很多钱的路上
倒着走

伊沙点评：毫不夸张地说，《新诗典》重燃了中国的诗教传统，这里是诗歌师生的家，这里是诗歌家庭的家。本诗作者是庄生所教的学生，本诗也是来自于他的助攻。这是零零后的诗，当代诗，可爱的诗。

自由

从容

我坐在他的沙发上
点上一根他的烟
在他坐过的马桶上
大声地咳嗽
像他一样刷一晚微信
打开他喝过的白酒瓶
给自己斟满
打开电视看球赛
大吼两声
甚至光着膀子
看军事新闻
在空荡荡的房间大哭
我一会儿是男人
一会儿是女人

> **伊沙点评：**去年情人节，当我需要一首好情诗时，我想到了中国目前最好的抒情诗人从容女士；今年情人节，在我即将推荐的这组诗中刚好有从容，她是《新世纪诗典》诗人云南西双版纳—老挝跨国行诗歌拉力赛总冠军，她在此行中最好的一首诗也是一首泛情诗，代表我典与众情诗小辑一比高低。优秀的深刻的现代抒情诗从未被我典忽视，非将《新世纪诗典》说成"口语诗典"是自欺欺人。

丁字裤

蒋涛

回农村过年
晾的那条丁字裤
奶奶帮她收了
然后说
你的皮筋干了
娜娜赶紧拿下来
假装绑头发

2017/10/10

伊沙点评：当《新诗典》推荐到二千五百一十首诗，没有新意的诗推出来也会被淹没掉，不论内容还是形式的新意尤其难能可贵。本诗从内容的新颖，构成了一个富有新意的视角，成就了一首时代的妙诗，也开启《新诗典》读诗过年的模式。

脚气

江湖海

来到老挝
脚丫子又痒起来
这一痒
我又想起前妻
分手二十年
许多事物已经改变
已经消失
当年一起洗脚她传给
我的脚气
每每在我的奔波中
奇痒不已

2018/02

伊沙点评： 西双版纳—老挝行，江湖海收获颇丰：一站冠军、总亚军、摄影奖第一。诗与摄影都出了大杰作，此前老江的第一代表作是什么？《前妻》，本诗完全超越了它，甚至可以说是《前妻》的升级版。在《新诗典》，只有精进，才能升级；只有突破，才能心安！值此新春佳节之际，我以《新世纪诗典》主持人及编选者的名义，向九百位《新诗典》诗人——中国现代诗的一线诗人拜年！

可爱的病人

湘莲子

那次
我被一个躁狂病人
踢流产了
医院奖励我六块钱
挨打费
病人不知怎么知道了
他们凑了六十块份子钱
送给我
补身子

2018/01/16

伊沙点评： 此次南方南国行，湘莲子高开低走前紧后松，最高潮（就是本诗）时，我这裁判暗自心惊：这还让别人怎么比？用唯心说，祖国的女儿不合异国风土；用唯物说，就是尖作不够多，不足以拿下六场的拉力赛。

意外

易小倩

2018.7.18

城管来了
小贩们纷纷逃窜
一个卖鸡蛋灌饼的
正准备开溜
没想到
煤气罐从车上
滚了下来
他手忙脚乱地跳下去
追煤气罐
这时城管赶了上来
看到这一幕
把车停在路边
笑了起来
不过笑完之后
还是向
追着煤气罐的小贩
追了上去

伊沙点评： 本诗，完全是一组镜头，意象诗可以玩蒙太奇，口语诗也完全可以，而且是电影中最常见的有人的画面。南方南国行，易小倩既展现了魅力、宣示了实力，也在拉力赛中暴露了单与薄，这是很好的一次经历上的收获。

童工

张小云

到琅勃拉邦当晚入住孟和宾馆
便来到四川钱柜酒家吃饭
服务员多数是零零后的女孩
来自宜宾的老板解释
老挝的法律没有限制任何人找工作
在这里没有
童工

2018/02/04

伊沙点评:《新诗典》诗人每次组团外访,我特别欢迎张小云报名参加,因其国际政治宗教文化知识丰富,我可以随时随地请教。这些方面知识丰富的人,便能够发现所去国家的问题,本诗为证。金斯堡名言:"写你看到的,别写你想到的"——其中一个不需要说的前提是:平时你老在想。

一下子冒出很多人

原音

好久没去尹山湖了
今晚和妻子来散步
妻子说
这里一下子冒出很多人
我说估计没几个知道
当年这里曾是苏州
五七干校所在地
那时这里也是
一下子冒出很多人

2017/05/13

伊沙点评：此次西双版纳——老挝行，1.0 的原音（王俊辉）充当了黑马，多次进入决赛，老得第四，一站亚军，要不是农民工老打电话催发工资，搅扰心情，这位"包工头诗人"或许还会表现得更好。《新诗典》反对诗坛的论资排辈，自己也不搞论资排辈，这个平台有丰富的形式让后来者居上。

夜

图雅

月亮是最大的无影灯
在这没有月光的深夜
我徒有手术刀

2018/01/21

伊沙点评：此次南行前，图雅是我心目中的"种子选手"，最终的结果令人失望，也给她自己带来了困扰：究竟什么是好诗？她对标准产生了怀疑。我只关心我的标准，从她自己入选与落选的诗相互比较就能看出来：前紧后松，前精后水。

无题

罗官员

一只母蚊子
背着另一只公蚊子
趴在医院的宣传栏上
在看怎样预防梅毒和艾滋

伊沙点评：农民诗人罗官员成了西双版纳诗会上的开心果与吉祥物，在别人眼中还是一匹黑马，我之所以不把他当黑马，是更了解他的实力，去年五月他在江油诗会就已达 2.0，但他没有把货发到我邮箱。

乡村公路

高歌

我爸骑上电动三轮车
打开手机里的导航
听着嗲嗲的女声回家
前方八百米限速
他开始加速冲刺
前方二百米拍照
他理了理头发
临近村口
他抄了条近路
导航提醒他
前方有条河
前方有条河
我爸说傻了吧
河去年就填了

伊沙点评:高歌每次出行都有或能写出好诗,比平时自由来稿时明显要好——这就是"行万里路"的价值与意义!本诗多么有趣,多么可爱,在"写出变革年代中国人民心灵"的向度上,口语诗提高了不知多少倍像素,获得了空前的成就!

热带雨林中河上的一个字

宋壮壮

在老挝
湄公河畔
看往来的船只
其中一艘船窗上
贴着红色的福字
有人指着说
"老乡"

2018/02/05

伊沙点评：以各场诗会的成绩或者整个系列赛的总分计，宋壮壮居于下游并不出色，但如果以单篇诗作所达到的高度计：本诗系《新诗典》诗人西双版纳——老挝行中极少的几个"大杰作"之一，并且是写于现场，有此收获，此行值了。冠军亚军，事过境迁，大杰作永存。

尿急

陈亚美

海口骑楼,尿急
随便找附近一书馆
上厕所
就赶上一个诗歌活动
一位很有名的诗人正在讲话
说下一步要飘到海口

伊沙点评: 很奇怪,如此精妙的口语诗却是出自一位总体风格很新诗(甚至于五四新诗)的女诗人之手。我在现场对她的忠告是:千万别以为这两者之间只是风格的差异,这是认知水平、思想深浅的差距,如果不敢有所取舍,恐怕对不起自身潜在的才华。

家外

钟海潮

公共区域
遇到不灵敏的自动出水龙头
感觉像要饭

> **伊沙点评：** 特朗斯特罗姆式的句子（地下冒出的野蘑菇／呼救者的手指），深度意象派，比前后浪漫主义都高级。钟海潮也是中过新诗毒的，毒性发作时就开始浅抒情与浅哲理，她其实很有才华，两次入典诗为证。

懒人国

琳琳

在老挝
村民懒得做饭
小狗懒得奔跑
导游懒得介绍景点
旅馆老板懒得提供服务
我用一百元人民币
换的十二万五千元老币
懒得用
在这呆了几天之后
我也懒得回去了

伊沙点评：这也算佳话——《新诗典》诗会只准《新诗典》诗人参加，琳琳误报名欲参加，钟海潮糊里糊涂地接受了，我知道错了也未予干预，想着她或许会在行中入典，果然得偿所愿，她写了一首颇能抓住老挝特点的好诗，而她的"志玲腔"也给大家带来一路欢笑，成了罗官员之后又一粒开心果。

童话

马非

我结婚的时候
没有自己的房子
是租用的一所
废弃技校的
一间办公室
吃喝拉撒
全在里面
冬天的早上
先要破除水缸
里的一层薄冰
才能得到洗脸水

我讲给单位里的
年轻人听
他们纷纷表示
这是童话故事
我没有反对
多么美好
亲爱的老婆
我们都成
童话人物了

伊沙点评：本诗读得我怦然心动，其一是被其内容所打动，也唤醒我相似经历的共鸣感；其二是为这种诗在中国现代诗的百草园中的存在而感动——多少诗人为之付出了多少努力方才换得其存在的合法性，"怎么活就怎么写"——说起来容易做起来难，你得被骂"不是诗"几十载才能修成正果。到三八妇女节，马非就满四十七岁了，如此之诗对得起自己的年龄、阅历与生命！

第七感觉服装店

唐突

其实我以我的年龄

迁就了

这个社会与你们

但也偶尔有点刻薄

走进第七感觉服装店

服务员对我说

"这里都是年轻人穿的

没有你穿的衣服"

我说"我穿衣服

比年轻人有更严的要求"

她有点尴尬

指着一件最新款式的

黑色羽绒夹克

"这件行吗？"

我说"不行

这只适合于老年人"

她又指着一件蓝色的棉衣

我说"这种蓝色过于暗淡

像马上就要变阴的天空"

她又提出一件深红色的大衣

我说"这是老太婆穿的

完全不行"

"那你需要什么样的衣服？"

我说"必须是明亮的

有纯度的天真的颜色"
"那你到儿童服装店去看看"
我说"是的，那里是有
我喜欢的颜色
但是没有大到成年人也能穿的"

2018/02/04

> **伊沙点评**：昨天在推荐马非的诗时说道——他的诗对得起自己四十七岁的年龄——那么今天我要说：唐突这首诗对得起自己六十四岁的年龄。奥登对大诗人和一般诗人所定的五大区别之一便是：诗中有无时间与时代。对于中国诗人而言，还有一个敢不敢面对年龄的问题，不论男女稍微一老简介中都愿意模糊掉……概因如此，本诗是唐突自己的大突破，也是中文现代诗的大收获。

狗年来了

周鸣

电视里有人
在喊"旺旺旺"
电视外的一只狗
隔着屏幕
回了数声
"汪汪汪"

伊沙点评： 到正月十五闹元宵，中国人的年才算真正过完，值此推荐一首过年的诗——也正好可以告诉读者什么是诗，逢狗年喊旺旺旺，不是诗，是语言：吉祥的俏皮话或俏皮的吉祥话；本诗描述的事实的诗意的形象与画面，才是诗。

团圆

冈居木

一家人吃完饺子
回到客厅
弟弟妹妹妻子女儿
都抱着手机在看
80岁的母亲
在一边看电视
女儿起身去洗手间
随手将手机丢到沙发上
母亲顺手拿起来
不知如何摆弄
最后对着手机黑屏
整理起白发

2017/03/13

伊沙点评： 过年过够了吗？没过够就再来一首过年诗。生活即诗，过年的生活够成了真正的过年诗。每一个时代，直书其当代生活的诗方为主流，口语诗无可争议地充当着这样的时代主流，于是这个景象更滑稽了：腐朽没落边角下料的抒情诗人加意象诗人加杂语诗人天天骂主流。

岩兰草

里所

她拿出数十种精油
植物内部的力量在萃取之后
抵达我们的手心

有一种来自热带沙漠腹地
植株蔓长的根必须扎进沙土深处
才能获得生长所需
一年一年汲取大地的能量
奉献出此刻这些琥珀色的液体

她滴了几滴在我胸口
以手掌的柔力缓缓按抚我的乳房
微微的热在那里腾起
一种低沉而深厚的气息随之化开
我看见她的面容
有慈爱者的光芒
我想起她说过
岩兰草的气息
是那么多精油中唯一令她闻之
默默流泪的气息
而此时
大地的爱和一种类似母亲的爱
被我轻易地感知

2017/10

> **伊沙点评**：与沈浩波上次来稿相似，以访俄诗为主，最终选出的却是非关俄行的一首，而且都写于访俄前夕。但我读本诗却颇采俄风，那种对于同行的博大的爱多像俄罗斯诗人间的相互献诗。里所近一年来的诗明显升段升格，可喜可贺！

第十二辑　怀旧色

街道里飘荡着老歌
给这座城
蒙上了一层怀旧色

——小麦

冬天的乐曲

李伟

空旷的雪野上
一头大黑熊挟着
一把小提琴
在大雪中跋涉

天黑之前
他必须要赶到
那片黑森林
他抬头看看天空

雪一点没有
停下来的迹象
他又低头看了看
那把小提琴

他笨拙的身躯
继续向前挪动
雪不断落在他头顶
和后背的皮毛上

在那片黑森林里
雪同样下着
但戴着毛茸茸
棉帽的听众们

都已提前到来
他们安静地等着
每棵顶着雪的树下
都坐无虚席

伊沙点评： 本诗似乎在宣告——李伟终于选定了纯诗的道路。这也似乎是符合其内质的一种选择，但总叫人有点点惋惜：就好像生育能力还在，怎么结扎了？尘缘未了，怎么出家了？诗这玩意，真不是越纯越好，有点杂质，似乎更加可爱。

1960年代的乡村

陈衍强

推豆花的磨子都生锈了
核桃树上的喜鹊
还在装聋作哑
小孩总盼有客来
父母才会做好吃的
城乡物质都匮乏
乡下更是有好客无好主
父母煮汤圆待客
不说煮汤圆吃
说烧开水喝
父母煮腊肉待客
烧时不说烧腊肉
说提块柴来烧
飞过茅草房的老鸹
要不了多久又张开乌鸦嘴
路过那个年代的乡下人
都知道死很简单

伊沙点评：陈衍强人如山核桃，有厚厚一层封闭的壳，全由油滑恶俗组成，只有中心一点肉是事实的诗意，作为选家的使命就是砸开其壳取出其肉，作为作者自己恐怕得改善这个结构——如果你想让别人认为你是好诗人的话。

答案

洪君植

美国移民局
入籍前考试
有一道题目:
美国是一个法治国家
指的是什么
绝大多数中国人
回答都是
公民必须要守法
标准答案是
政府必须要守法

> **伊沙点评**:说实话,这种传输信息的诗,就诗学本身来说,档次并不高,但在当下现实面前,却显得很有力量——一种文明的力量,表现的是一个民族在追求现代文明之路上的一种自觉。

在慈云寺看见美女

刘季

她低眉顺眼坐在老僧人面前
小声地说：
拜托师傅指点我，如何才能让他回心转意
老僧人看她一眼又迅速低下头说：
万事不能强求，随缘随缘
美女把桌上的一百块钱收回

> **伊沙点评**：呵呵！又见佛系女青年，一乐。值此三八妇女节之际，特别推荐一首女人写女人的诗，向《新诗典》全体女诗人祝贺节日。不论身处哪个时代，爱诗写诗的女人都属于有精神追求的高贵者。

失落感

刘健

老婆问
你这退休了
有没有
失落感
我说有
老婆问是什么
我说
最大的失落感
是你让我
从退休之日起
天天叠被子

伊沙点评： 为什么我们没有现代诗大师？因为我们以为诗是青春的事业。等写到老写满一生的人涌现自然就有了。近期一个好现象是：老人写老人的诗出现了。这不光是诗人在变老，还在于诗在变先进，不先进的诗，人一老便到抒怀为止。

麦穗

阿文

在一朋友家
鸟笼子里
看见多年不见的麦穗
在他的抽屉里
也看见一枚八十年代的五分硬币
上面也有两个麦穗
只可惜那鸟
不识得

伊沙点评：阿文是本典发现并推出的"打工诗人"、"工人诗人"。平台也成了一个诗人出身的标记，《新世纪诗典》等同于"现代诗"。有日子未见其诗了，诗感还是那么好，依旧是现代诗。

本命年

叶子

妻四十七
我四十八
俩人都知道

因为鼾声
翻过今年
要分头睡了

> **伊沙点评：** 昨天是"工人诗人"，今天是"农民诗人"，本典为中国诗坛发现了三个货真价实的"农民诗人"（此前都是扎白羊肚手巾的伪农民）。头两个，就包括叶子，他们的写作正面临一个问题：是继续土下去，还是从此洋起来，向左走还是向右走，总有些暂时无法克服的问题。

父亲的朋友

全京业

大跃进那年
父亲是村里的大队长
看着村干部们饿着肚子
日夜不停地干活
半夜　父亲在
食堂（全村都吃食堂）
偷偷拿豆油和米　回家
做饭　叫过来村干部　吃
一回小灶　补补身子

"文革"的时候　开父亲批斗会
当时一起吃小灶的
三队的保管员　把这事儿
捅出来　揭发父亲
大跃进的时候
领着干部吃了小灶
回家后　父亲气得发誓
再和他说话　我就不姓全

等我结婚　到城里工作后
有一个周末回家看
父亲正在和那个人一起
喝酒　看样子相谈甚欢
妈　爸爸改姓了

母亲撇了撇嘴说

全村老头

就剩

他俩喽

伊沙点评：全京业是朝鲜族诗人。说起来，《新世纪诗典》也是民族团结的大花园，当然不是诗外因素使然让我有意如此，估计是我在读诗时对任何一点异质的东西天生敏感，结果选出来一大堆少数民族诗人。阅读本诗，让我感慨，中国历史的一幕幕悲剧，少数民族也幸免不了。

彩色记忆

李海泉

1997年夏夜

我在张宝得家

看了一晚上电视

张宝得睡了

她姐张海莲睡了

张爸爸张妈妈也睡了

只有我

一个六岁小朋友

在黑暗中

坐小板凳

看一闪一闪的屏幕

像彩色的魔法盒

直到深夜

仍无睡眠

那是第二天早上

全青林乡的孩子问我

在张宝得家

看了什么电视

我灵光一闪

郑重其事

对伙伴们说:

"谢谢收看"

伊沙点评:九零后被称作"宝宝一代",即便如此,他们的童年也照样是贫乏的,中国大了,什么状况都有,诗是用来干吗的?诗就是用来打破概念的……听了我一学期的课,李海泉尝试了,不如此倒是奇怪的。

惊闻

普元

一个小孩耳朵聋了
两个小孩耳朵聋了
一百个小孩耳朵聋了
一千个小孩耳朵聋了
一万个小孩耳朵聋了
三万个小孩耳朵聋了
每年，全国
都有超过三万个小孩
因为打针、吃药
而导致耳聋
就是说他们这辈子
将永远听不清
甚至完全听不见任何声音
哪怕你演奏国歌

伊沙点评： 接下来的三天，推荐一个家庭的三位诗人——这不是有意为之的策划，而是自然选稿的结果，父女三人分别投稿，全都选中。有人猜到了：深圳姜家，首先出场的是家长，是父亲，是诗人普元，多么惊艳的表现：一首抗议诗的佳作！

蓝

姜馨贺

早晨
我们坐上了
开往北京的火车
天特别蓝
妹妹看了一眼
说
天这么蓝
会不会出什么问题

伊沙点评： 深圳姜家推荐第二日，姜馨贺是长女，是姐妹俩中的姐姐。有人质疑本典对零零后的大力推荐，假如零零后诗人的作品是对其他代诗人的模仿与复制，那好，他们就失去了在《新世纪诗典》中存在的理由，拿本诗来说，我看那个像变态疯子一样的反对者写不出来，我也写不出来，所以应该存在。谁能疯狂霸道到以为自己可以垄断孩子独特的感觉与诗意？

化妆

姜二嫚

列车上
有一个售货员
正在推销新疆特产
她化的妆
很新疆
推销了一会
她又换了一个茶花女的妆
开始推销茶叶

2018/01/10

> **伊沙点评：**深圳姜家推荐第三日，姜二嫚是小女，是姐妹俩中的妹妹。她是公众眼中当前最亮的一颗小诗星，如果中国是名副其实的真正的诗歌大国，就该将她推选为"感动中国"十大杰出人物，告诉全国的孩子与家长，告诉祖国的未来：瞧！全方位出众的孩子才写诗，写诗的孩子光芒万丈！《新诗典》胸怀的正是自强于世界民族之林的光芒万丈的祖国未来！

美好的未来

唐欣

本来是谈养老的　沉重话题
朋友乐观　问题　很快就可以
彻底解决了　咱们能赶得上
有大批　只知奉献　毫不自私
始终微笑　多才多艺的一代
新人即将上岗　天呐　这岂不是
我少时的梦想　英特耐雄纳尔
就要实现了吗　他们被唤作
智能机器人　未来唯一的
麻烦　恐怕就是如何收拾
我等　这些半是魔鬼的旧人

2018/01

伊沙点评：从2011年我向任意好力荐唐欣获御鼎诗歌奖开始，到2018年我独自决定将《新世纪诗典》2017年度大奖——第七届"NPC李白诗歌奖·成就奖"授予他，老唐完成了一个从无冕之王到民间获奖专业户的过程，这是内行战胜外行、专业战胜业余、文本战胜运作、成就战胜人源、公平战胜交易、正义战胜邪恶、清流战胜浊水的战役累积，我为唐欣诗歌而骄傲，为自己在这个过程中屡立奇功而自豪——是的，有伊沙在，是好诗人与好诗之福！

不再

聂权

未料想,有一天
身体会背叛故乡:回乡一周
额头泛起小颗粒
回京一天
额头光洁,咽痛
也渐好
六年,我一山西人
渐不嗜醋
不嗜面食,一朔州人
南街杂各、抿掬、莜面鱼鱼
土豆肉炖粉条、刀削面
渐只做一年饮食调剂
时时勾动肠腹馋虫之
销魂美物
不再。怎知
一种深处悲凉,起自何时
又
将止于何处

2018/01/17

> **伊沙点评:** 好诗!符合我在1996年便提出的"身体写作",不是对身体某一部位的强调,而是对身体感觉的全面激活,是"体验"二字的有形化与加强版,一触及到身体反应,本诗的发现与主题便深刻起来。

对联

蔡喜印

一栋三层小楼的山墙上
一根檩条旁的鸟窝洞口
飘着两根
红丝带

2018/02/14

> **伊沙点评：** 蔡喜印，与我同龄的诗人，首次推荐是在2015年7月，两年零八个月以来，他一直坚守在新浪微博那边，屡屡投稿，失败颇多，终于熬成今天推荐的这首精品。从1.0到2.0本来就难，这是光荣的升级！

晚餐

莫渡

妻子烙馍时

一根头发掉进了面粉里

这根一尺来长的头发

三年前染过一次

傍晚

我掰开这个温热的馍

将它分给

围坐在方桌前的

母亲和儿子

我们吃着馍

并将这根

被我掰断的

已经烙熟的长发

从三块馍里

一截一截揪出

伊沙点评：心想事成，《新诗典》发现的三位真正的农民诗人这一个月内在平台聚首。这两年莫渡的推荐进度放缓了，那自然是其创作存在问题：他似乎在一味求洋中丢失可贵的东西，这一组似乎有所改善，这一首还是事实的诗意解决了问题。

怀旧色

小麦

街道里飘荡着老歌
给这座城
蒙上了一层怀旧色

2018

伊沙点评：从声音转化为色彩的通感——简单的技巧使用，却产生了很大的感染力……不排斥意象、修辞与技巧，适当地将它们融入口语的叙述，是口语诗健康发展的迹象。小麦的诗，朝精致里走，是对的。

拆

海青

2018.3.22

国际时装周上
女模特胸有
一个大大的
"拆"字
她对记者说
这是中国元素

伊沙点评： 绝！口语诗人抓和抢的能力都极强，书面语诗人连这两个字指的啥都不知道。有出息的诗人，要擅长于自新，有人写着写着就旧了，本诗在作者的诗作中正有"自新"之意。

中国现象

白立

大雪纷飞的夜
站在十字路口等绿灯
前面一对情侣
女的拉着男的径直往前走
男的说：等绿灯……
女的说：等锤子绿灯
没车又没人，瓜皮才等
说完无意识地转身看了我一眼

我知道她没说我
而那惊鸿一瞥
还是让我犹豫
我该等　还是不该等

伊沙点评： 有人说口语诗的最高境界是方言诗——对平时操方言的人是如此，但存在一个问题，写出来读不懂便无法生效。白立在本诗中使用了陕西关中方言，我是懂此方言的，便顿觉全诗滋味丛生、生趣盎然，不知不懂此方言的人会不会有阅读障碍，所以这次推荐还有方言写作是有一定冒险性的。

孟母计划

大九

城中村旁边的小学

经过多少年换血

彻头彻尾地变成了

农民工子弟学校

可是学校旁边的二轻巷

站街女从早到晚露大腿

也没人管

春暖花开的时候

各个班级的家长微信群

流传出一份"孟母计划"的倡议书

号召做生意的家长们

把站街女们寄身的小旅馆和洗头房都盘下来

经营成一个个

饭店、小卖部、粮油店、

洗衣房和擦鞋铺

> **伊沙点评:**《新诗典》第一季时,我们有个口头表扬性质的"最快进步奖",没有坚持下来,我想在这第七季临近终点时将它重启:今明两天推荐的两位诗人,就是第七季"最快进步奖"得主,虽是口头表扬,但却鼓舞其心,感召众人:大九,一年前的你,初上典时的你,你自己还认得吗?大家还记得吗?

有一年我流落街头

刘斌

诗人李岩
看到我发的微博
借给我一千块
使我可以
在零下十几度的冬夜
住进旅馆
在这之前
我已在网吧
睡了好几天

那一年我们
都用网易微博
因为新世纪诗典
还在网易微博开办

后来李岩
又帮我找了一间仓库
那是一间有暖气的仓库
真的是暖啊
不过两天我就上火
夜夜睡得浑身大汗

2017/12

伊沙点评：另一位口头表扬性质的第七季"最快进步奖"授予九零后诗人刘斌，他在这一季中的进步是喜人的，尤其近期以来有点勇不可挡，这不，本诗尚未推出去，在长安诗歌节第三百零一场又有订货，已经"破八"。本诗属于抒情的口语诗，与口语化的抒情诗区别在于：更冷更酷，有自抑意识，传统抒情诗人是不懂这些的。

老狗

茗芝

同学家养了一只狗
活了二十多年
身体挺健康的
但不知道为啥
带它去海边玩时
它突然冲到海里
没有再出来

2018/02

伊沙点评：我要告诉你这是一首大学生写的诗，有问题吗？没问题，这肯定是一首好诗。那怎么是小学生写的，就有问题了呢？就不是好诗了呢？就是人家父母教育孩子方式方法有问题了呢？广东那个地方，经济挺发达，文化挺繁荣，但专产一些不开化的榆木疙瘩：你们愿意教孩子读商科做生意，人家愿意教孩子写诗，怎么就是有问题了呢？你们脑袋没被驴踢吧？

爬坡机器人

袁源

我在山里长大
对于山地的感受
可能有一部分
遗传给了儿子
证据就是今天
他去参加研学活动
自主设计了
平生第一款机器人
它没有别的功能
只擅长爬坡
可以轻松地
在山坡上来回滑行
运送物品
作用相当于
一头毛驴

伊沙点评：今明推荐的两位诗人有些相似性，同为男诗人，同为八零后，都是大好人，这成了继续写好诗的障碍……诗这东西啊，一肚子坏水写不好，温良恭俭让同样写不好。他俩刚被我当面不订货，又用补发作品保了轮。其中一位是袁源，他用本诗中的新元素纠正着我指出的他太平实无新意的问题。

寻人启事

韩敬源

丢失的小女孩
坐在弹弓一样的树杈上

2018/03

> **伊沙点评：** 昨日说到"好人易写平"的现象，另外一个诗人即是韩敬源，春节期间见面时，我们师生就这个问题谈得很深：你越社会化，越符合体制要求，你的性格越被磨平，你写出好诗就越是困难，怎么办呢？分寸自己把握，不能失去平衡。本诗又写好了，简洁、经典、陌生化的好，貌似回到《儿时同伴》，但并不能掩盖他整体写作存在的问题——这就是《新诗典》替诗人藏了拙，但诗人不该自己心中无数。

复活

杨艳

自从领导
加了我微信后
才发现
朋友圈里几个
过去我以为的
僵尸号
一直都有
伸出僵硬的爪子
在点赞

2018/01/21

伊沙点评：《新诗典》要评年度十佳的话，杨艳必占一席，她是表现最佳的女诗人（没有之一）：在连续两三轮的爆发之后，本轮重归平缓，但本诗因其表现的现实的强大而又增大了写出的必要性。借本诗感慨一声：有些人谁也瞧不上，他（她）瞧得上自己吗？——那个活得像笑话像卡通人的自己！

信任

西毒何殇

地震那几天
小区邻居们
晚上不敢住家里
纷纷要搬出去住帐篷
八楼的包工头
站出来劝阻大家
"你们不用怕
这楼就是我盖的
真材实料
西安的房全塌了
这楼也倒不了……"
临末又补了一句
"要不我个有钱人
住这儿干啥呢？"

> 伊沙点评：今明两天，我要推荐两位长安诗歌节同仁的作品。我们在内部将这种关系界定为：除了家人以外见面最多的人。外界一定很羡慕这种关系，但做我的同仁却并不轻松。首先推荐西毒何殇，他的优点在于所达到的层次：他是一个自觉的诗人；缺点在于诗太讲理和时不时流露出的文人趣味，就像穿着背心打拳击，缺一点肉搏的酣畅淋漓。

早

王有尾

逯姓知府辞官后
盖的家庙
是我最早的学堂
上课用的桌子
是破四旧时
挖他坟的棺材做的
那时上学
经常迟到的我
也学鲁迅先生
用小刀在那
红木做的棺材板上
刻下一个"早"字

2018/01/22

> **伊沙点评**：我要推荐的第二位长安同仁是王有尾。他的优缺点都体现于两个字：好选。他每过四个月都会出一首好诗——他每过四个月也就出这一首好诗。可以总结为：状态平稳，蓄势欠厚。

羊的分身术

叶臻

朋友从鄂尔多斯来
给我带来一只羊
羊头羊皮羊内脏
留在鄂尔多斯
羊身羊腿羊蹄
装在蛇皮袋里
托运到淮南
羊皮在烈日下曝晒
羊身在冰箱里冷藏
羊腿在淮南颤抖
羊内脏在鄂尔多斯痉挛
羊头在草场咩叫
羊蹄在水泥地上奔跑

> **伊沙点评：** 口语诗真闹心，闹敌心亦闹友心，但是口语诗死不了（其他真难说），因为有我这样的诗人在不断反思——我近来发现口语诗土派（或曰地气派）自身易旧，在时间中褪色快，选诗时便挑剔起来。叶臻毫无疑问是这路诗人，他最能经受我的挑剔。事实上，他也是《新诗典》后发现的六零后诗人中实力最强的一位，如果《新诗典》评年度十佳，他必占一席。

特拉维夫超市里的恐怖瞬间

吴雨伦

在特拉维夫的超市里
看见那些
包装完整的肥皂
外表精美

我的喉咙有些哽咽
一种不可名状的恐怖

肥皂周围站满了犹太人
活着的

2017

伊沙点评： 一首放在世界任何地方都该被确认的好诗，但如果不去以色列恐怕就写不出来，为此我作为出资人之一表示满意，愿意继续资助作者出国深造。同时想对他说：就把这一首诗当作你的本科毕业之作吧，大学本科四年，你有没有写出你的《车过黄河》，十年后才会知晓，但如果有个"中国当代诗人在校诗"排行榜，你有望挤进TOP10！现在，你可以抬起头挺起胸走出乌鸦翻飞的北师大了，别忘了顺便经过一下你蹭过课的已经二十年不出诗人的文学院。

积水潭

侯马

我父亲帮我照看孩子
孩子摔了一跤
拉到积水潭医院照片子
竟然骨折了
我不禁沉下了脸
那是我三十多岁
初为人父的时候
我表面沉默
心里却埋怨
父亲事业无成
连孩子都看不好
这念头使今日的我
真害臊啊

2018/01/21

伊沙点评： 用我近期常说的评价语——这是一首对得起自己年龄的诗，写出这样的诗方才对得起自己年过半百的年龄。关于大诗人，奥登给了五条标准，我想给他增加一条：作品中要有作者的年轮。侯马起步稍晚，但却行之长远而有效，比起那些比他早但无效者，他的作品中有人生有年轮，我有幸见证了这个过程。

归宿

伊沙

下了一天的大雪骤停,最后阶段竟是太阳雪,天空中有彩色的流云,迟到的暮色终于落下,落满了航天城一个空无一人的十字路口……

我们一家三口走过斑马线。

路边的五六个小饭馆里空无一人。

也许是在雪天,儿子选定了雪乡饭馆,热气腾腾的东北菜。

"在这种无人的饭馆,走进来一个落魄的男人,就是一部电影的开始,高仓健演的电影,他会要清酒、猪肝炒饭,还有烤串啥的,老板娘会说,到底是男子汉,真能吃啊!故事就开始了……"我对学电影的儿子说。

这一晚他的饭量大增。妻则吃得很少。

这是我们被大雪困在新居的晚上,新居是我为自己准备的老年写作基地——我最后的归宿。

伊沙点评:《世纪诗典》中推荐的唯一的散文诗人是台湾的商禽;《新世纪诗典》中此前推荐的唯一的散文诗人是旅美的陈铭华。实在没想到:我推荐的第三位散文诗人是我自己。"伊五卷"出版后,我进入补缺、补差的写作模式,第一年锁定散文诗,在中国内地,散文诗是个软柿子,大概从柯蓝、郭风时代就没往前发展过,所以很容易见效,我甚至公开放言说:给它前提半世纪。让散文诗一夜之间进入现代诗是我在这一年中的使命,也希望今天的推荐能够吸引更多优秀的散文诗稿。转眼又是一年尽,春天也成收获时。

附录一 《新世纪诗典》第七季推荐表

日期	篇目	作者（所在地）

2017 年

日期	篇目	作者（所在地）
4 月 5 日	《采购员与香烟》	唐欣（北京）
4 月 6 日	《逻辑》	侯马（北京）
4 月 7 日	《我隐蔽的丑陋》	西娃（北京）
4 月 8 日	《地铁口的耍猴现场》	朱剑（陕西）
4 月 9 日	《死婴》	王有尾（陕西）
4 月 10 日	《工人帽》	西毒何殇（陕西）
4 月 11 日	《一个失聪诗人的日常》	左右（陕西）
4 月 12 日	《宠物狗》	黄海兮（陕西）
4 月 13 日	《警车》	起子（浙江）
4 月 14 日	《食色性也》	庞琼珍（天津）
4 月 15 日	《丧》	苇欢（广东）
4 月 16 日	《漂亮动物》	维马丁（奥地利）
4 月 17 日	《飞走的孩子》	崔恕（北京）
4 月 18 日	《敬业妓女》	唐琼香（广东）
4 月 19 日	《颁奖日》	全成（山东）
4 月 20 日	《对奶奶我就没笑过》	刘健（北京）
4 月 21 日	《母子关系》	王林燕（新疆）
4 月 22 日	《兰芳》	刘季（江苏）
4 月 23 日	《另一条长江》	桑格尔（四川）
4 月 24 日	《擅自》	刘一君（北京）
4 月 25 日	《冬天过后是春天》	叶臻（安徽）
4 月 26 日	《桑吉卓玛》	马海轶（青海）
4 月 27 日	《鸡汤》	庄生（广东）
4 月 28 日	《打架的诗人》	成倍（上海）
4 月 29 日	《买烟》	小虾（广西）
4 月 30 日	《遗产》	老张（河南）
5 月 1 日	《消失的诗》	沈浩波（北京）
5 月 2 日	《天下无敌》	唐突（湖北|上海）
5 月 3 日	《可怕的口语诗》	赵立宏（山西）
5 月 4 日	《喀什》	里所（北京）
5 月 5 日	《一条在斑马线上徘徊的狗》	南地（四川）

5月6日	《不痛哭的理由》	龚志坚（四川）
5月7日	《看盲人作画》	丁余科（四川）
5月8日	《甭急，我们都会成为航天员的》	轩辕轼轲（山东）
5月9日	《少年胖子》	铁心（山东）
5月10日	《雪地上的爪痕》	刘溪（山东）
5月11日	《火药》	于恺（山东）
5月12日	《深夜一点钟的男人》	高建刚（山东）
5月13日	《祈祷》	湘莲子（广东）
5月14日	《论曝背》	君儿（天津）
5月15日	《一只母老虎的诞生》	李勋阳（云南）
5月16日	《老母女》	宋壮壮（北京）
5月17日	《寺中》	艾蒿（陕西｜重庆）
5月18日	《橘子红了》	易小倩（北京）
5月19日	《梦中的死海》	吴雨伦（北京）
5月20日	《观众》	蛮蛮（陕西）
5月21日	《绍兴》	李伟（天津）
5月22日	《角色》	双子（北京）
5月23日	《大海告诉我》	周瑟瑟（北京）
5月24日	《阴阳界》	陈默实（四川）
5月25日	《王炸》	芽子（陕西）
5月26日	《世相》	大九（内蒙古）
5月27日	《父亲和我》	阿煜（甘肃）
5月28日	《温柔》	黄依（广西）
5月29日	《遗言》	周统宽（广西）
5月30日	《关于大海》	于坚（云南）
5月31日	《这儿好冷》	朵儿（河北）
6月1日	《流行》	游若昕（福建）
6月2日	《嘿》	江睿（重庆）
6月3日	《再见》	二月蓝（重庆）
6月4日	《如果"文革"延续至今》	阿吾（广东）
6月5日	《华北地区大片土地盐碱化严重》	邢昊（山西）
6月6日	《时间》	蒋雪峰（四川）
6月7日	《4月1日这一天》	张小云（北京｜福建）
6月8日	《一块金子》	刘斌（陕西）

6月9日	《治水》	袁源（陕西）
6月10日	《还魂记》	高歌（山东）
6月11日	《关怀》	张明宇（山西）
6月12日	《关于大地震》	柏君（河北）
6月13日	《他们说地震了》	谭昌永（四川）
6月14日	《兼职》	王俊辉（江苏）
6月15日	《食欲的产生》	吴冕（陕西）
6月16日	《那个下午有点惊心动魄》	韩敬源（云南）
6月17日	《贵宾》	江湖海（广东）
6月18日	《醒了》	梦里（重庆）
6月19日	《无名氏》	梅花驿（河南）
6月20日	《胀奶》	三个A（广西）
6月21日	《上帝》	杨艳（福建）
6月22日	《蝙蝠》	海青（山东）
6月23日	《乳房》	笨笨.S.K（陕西）
6月24日	《幸福》	瑞箫（上海）
6月25日	《六倍的痛苦》	襄晨（湖北）
6月26日	《人民》	王清让（河南）
6月27日	《二维码》	麦笛（四川）
6月28日	《玩火》	魏晓鸥（陕西）
6月29日	《寒酸》	东子（山东）
6月30日	《玩笑》	娄缃嫡（马来西亚｜天津）
7月1日	《中国智慧》	马非（青海）
7月2日	《电视机里的骆驼》	韩东（江苏）
7月3日	《像说话一样写诗》	图雅（天津）
7月4日	《新年的第一首诗》	娜夜（重庆）
7月5日	《重口味》	白立（陕西）
7月6日	《广济寺的晚课》	李荼（北京）
7月7日	《别站在镜头里》	王妃（安徽）
7月8日	《指挥》	沙凯歌（湖南）
7月9日	《自由》	廖兵坤（重庆）
7月10日	《有一首歌》	曾忠（广东）
7月11日	《母亲》	陈万（上海）
7月12日	《二十多年后他们给我讲的故事》	何止（河北）

7月13日	《顺着他指的方向望去》	王小柠（上海）
7月14日	《一地鸡毛》	降天（湖南）
7月15日	《我有一朵蓝莲花》	绿夭（湖北）
7月16日	《打架》	蒋涛（北京）
7月17日	《呸》	闫永敏（天津）
7月18日	《缺席》	游连斌（福建）
7月19日	《炸弹》	茗芝（广东）
7月20日	《奶箭》	周鸣（浙江）
7月21日	《就像住在屠宰场附近》	李异（海南）
7月22日	《听一个人聊三十年前的乡村小学》	卢宗保（浙江）
7月23日	《一个漂亮的妈妈，在肯德基严肃地对他儿子说》	马金山（广东）
7月24日	《隧道》	人面鱼（云南）
7月25日	《对拜》	姜二嫚（广东）
7月26日	《异教徒》	曾涵（内蒙古）
7月27日	《不是变态》	雪克（广东）
7月28日	《野菜》	胡傅铭（贵州）
7月29日	《端砚》	吕贵品（北京）
7月30日	《词的清亮》	雪迪（美国）
7月31日	《蚂蚁为什么摔不死》	皮旦（安徽）
8月1日	《纪念日》	徐江（天津）
8月2日	《朝鲜不敢去》	安琪（北京）
8月3日	《长城》	乌城（北京）
8月4日	《阅历》	康蚂（天津）
8月5日	《病情》	天狼（山东）
8月6日	《理想》	李振羽（甘肃）
8月7日	《我的一周》	洪君植（美国）
8月8日	《权利》	邢非（天津）
8月9日	《葬礼》	冈居木（山东）
8月10日	《复制人》	陈铭华（美国）
8月11日	《大昭寺前的两个藏族孩子》	大友（江苏）
8月12日	《李桂与陈香香》	刘傲夫（北京）
8月13日	《髋骨》	释然（山东）
8月14日	《夏天的正午》	王立君（天津）

8月15日	《连根树》	岳上风（山东）
8月16日	《麦子》	樱海星梦（天津）
8月17日	《扎上师》	南妍（浙江）
8月18日	《大裤衩》	冯桢炯（美国）
8月19日	《意料之外》	冬目（天津）
8月20日	《海》	李不开（广西）
8月21日	《女诗人的长裙》	郭美兰（韩国）
8月22日	《一个女人的墓志铭》	全京业（吉林）
8月23日	《红菩提和白菩提》	从容（广东）
8月24日	《感恩》	庄生（广东）
8月25日	《烈日》	吴少东（安徽）
8月26日	《你是我所有的女性称谓》	李宏伟（北京）
8月27日	《礼花腾空》	刘川（辽宁）
8月28日	《喊冤》	严力（美国）
8月29日	《清明，湖面》	南人（北京）
8月30日	《中国摇滚》	摆丢（上海）
8月31日	《木偶剧团》	伊沙（陕西）
9月1日	《诗运》	朱剑（陕西）
9月2日	《国考场上的幽灵》	李勋阳（云南）
9月3日	《穿越》	图雅（天津）
9月4日	《一代人》	徐江（天津）
9月5日	《物》	黄海兮（陕西）
9月6日	《先辈们》	艾蒿（重庆）
9月7日	《我原谅了他的歉意》	左右（陕西）
9月8日	《气功师》	君儿（天津）
9月9日	《矮个子母亲》	温永琪（江西）
9月10日	《细节》	李伟（天津）
9月11日	《礼拜》	杨邪（浙江）
9月12日	《姑父张大禄》	国哥（山东）
9月13日	《一只粉红的鸟在飞》	孙圣国（安徽）
9月14日	《捉鼠记》	孙在旭（辽宁）
9月15日	《萨大姆也有春天》	杜中民（河北）
9月16日	《深圳太穷了》	江湖海（广东）
9月17日	《我常常听见远方的声音》	阿吾（广东）

9月18日	《答辩日》	苇欢（广东）
9月19日	《初冬》	马金山（广东）
9月20日	《银海枣》	阿樱（广东）
9月21日	《拿本小说在手上没看》	光头（广东）
9月22日	《阳光和风四百块一个月》	柯默默（广东）
9月23日	《抵消》	普元（广东）
9月24日	《台风过境》	伊秋梅（广东）
9月25日	《叫唤》	程向阳（广东）
9月26日	《礼物》	雁鸣（广东）
9月27日	《下一秒》	任旭东（广东）
9月28日	《雪人》	王屹（广东）
9月29日	《螳螂》	余榛（广东）
9月30日	《数星星》	陌上花（广东）
10月1日	《古诗》	姜二嫚（广东）
10月2日	《我学的语文有时没有用》	姜馨贺（广东）
10月3日	《沙漠杀手》	茗芝（广东）
10月4日	《叛徒》	江睿（重庆）
10月5日	《台风过境》	杨渡（浙江）
10月6日	《艺》	沈雨涵（福建）
10月7日	《睡在云朵里》	李小溪（上海）
10月8日	《军训》	崔馨予（江苏）
10月9日	《台风》	石薇拉（广西）
10月10日	《恍惚》	游若昕（福建）
10月11日	《我的光棍二叔》	沈浩波（北京）
10月12日	《童年教育》	西娃（北京）
10月13日	《我曾纵容了一个坏人》	潘洗尘（云南）
10月14日	《死了也是最美的》	庞琼珍（天津）
10月15日	《摩围山》	二月蓝（重庆）
10月16日	《北京地铁上遇见自己》	王飞长沙（湖南）
10月17日	《雾》	大九（内蒙古）
10月18日	《书》	曾涵（内蒙古）
10月19日	《奶奶的百年大计》	刘刚（内蒙古）
10月20日	《锡林塔拉草原》	刘云飞（内蒙古）
10月21日	《童话》	岗上愚人（内蒙古）

10月22日	《立秋》	步云（内蒙古）
10月23日	《命运》	高金鹰（内蒙古）
10月24日	《止痛药方》	朝晖（内蒙古）
10月25日	《阳光》	逍遥子（内蒙古）
10月26日	《在甘肃，致妻弟》	鲲如（内蒙古）
10月27日	《口罩》	烟雨蒙蒙（内蒙古）
10月28日	《与工厂诗人的短暂友谊》	唐欣（北京）
10月29日	《卖金雀花的小女孩》	韩敬源（云南）
10月30日	《中国足球》	三个A（广西）
10月31日	《忙碌的猫》	张小云（北京）
11月1日	《帕慕克的书房》	莫言（北京）
11月2日	《在CA4101航班上》	张新泉（四川）
11月3日	《致普罗泰戈拉》	查文瑾（宁夏）
11月4日	《仪式》	程碧（北京）
11月5日	《雾》	陈强（四川）
11月6日	《钢铁侠灵魂》	吴雨伦（北京）
11月7日	《拒绝》	李宏伟（北京）
11月8日	《书坛憾事》	轩辕轼轲（山东）
11月9日	《自我介绍》	杨艳（福建）
11月10日	《无题》	苏不归（上海）
11月11日	《臧否》	西毒何殇（陕西）
11月12日	《塔》	湘莲子（广东）
11月13日	《陋习铭》	李岩（陕西）
11月14日	《听力》	宋壮壮（北京）
11月15日	《东福寺》	里所（北京）
11月16日	《伟大的战争》	马非（青海）
11月17日	《放生》	王有尾（陕西）
11月18日	《山羊》	邢昊（山西）
11月19日	《歌声让我生长》	铁心（山东）
11月20日	《中秋记事》	双子（北京）
11月21日	《我出生在福田寺》	蒋雪峰（四川）
11月22日	《肩胛骨》	周瑟瑟（北京）
11月23日	《在贝子庙》	吴少东（安徽）
11月24日	《母亲的忧伤》	杜思尚（北京）

11月25日	《新年献辞》	尚仲敏（四川）
11月26日	《棉花匠》	向以鲜（四川）
11月27日	《精神病院》	西楠（广东）
11月28日	《龙活音扎巴》	韩勇（内蒙古）
11月29日	《愿望》	李柳杨（北京）
11月30日	《东京都》	刘斌（陕西）
12月1日	《我看过最感动的一部皮影戏》	李海泉（陕西）
12月2日	《无题》	阿煜（陕西）
12月3日	《惩罚》	吴冕（陕西）
12月4日	《这就是时光》	李琦（黑龙江）
12月5日	《在涿州》	侯马（北京）
12月6日	《知果法师》	从容（广东）
12月7日	《达基沙洛故乡》	吉狄马加（北京）
12月8日	《历史狗》	起子（浙江）
12月9日	《喇叭花》	刘天雨（陕西）
12月10日	《小雨转中雨》	袁源（陕西）
12月11日	《动静》	刘德稳（云南）
12月12日	《装神弄鬼》	周献（四川）
12月13日	《红了》	刘杰（内蒙古）
12月14日	《龙门石窟》	虎子（河南）
12月15日	《丐中典范》	刘昶（广东）
12月16日	《和平奖》	曾入龙（贵州）
12月17日	《时差》	莫沫（秘鲁）
12月18日	《研究死人的人去世了》	维马丁（奥地利）
12月19日	《对天发誓》	沙冒智化（西藏）
12月20日	《归宿》	黄开兵（广西）
12月21日	《杭州城站》	摆丢（上海）
12月22日	《孤僻》	左秦（江西）
12月23日	《子时香》	柳影江风（四川）
12月24日	《祸从口出》	罗裳（广东）
12月25日	《完美主义者》	吾桐紫（福建）
12月26日	《不敢相信》	蛮蛮（陕西）
12月27日	《不够深刻》	高歌（山东）
12月28日	《别摸，或者无题》	牧九（内蒙古）

12月29日	《放生》	游连斌(福建)
12月30日	《菊花》	叶臻(安徽)
12月31日	《人民》	伊沙(陕西)

2018年

1月1日	《美好的循环》	艾蒿(重庆)
1月2日	《单身生活》	左右(陕西)
1月3日	《女诗人》	闫永敏(天津)
1月4日	《你见过大海》	轩辕轼轲(山东)
1月5日	《寒衣节的前两天》	徐江(天津)
1月6日	《白发》	庞琼珍(天津)
1月7日	《教堂》	庄生(广东)
1月8日	《果子未熟》	君儿(天津)
1月9日	《红绿灯》	东岳(山东)
1月10日	《吃》	菁欢(广东)
1月11日	《众生》	李东泽(黑龙江)
1月12日	《乌江记事:弄潮儿》	倪金才(重庆)
1月13日	《爱情一解》	张斌(云南)
1月14日	《夏天的颜色》	曲奇饼(广东)
1月15日	《活着》	才旺南杰(西藏)
1月16日	《在雍和宫》	沈浩波(北京)
1月17日	《面》	朱剑(陕西)
1月18日	《听来的一段故事》	黄海兮(陕西)
1月19日	《广场舞的功效》	赵立宏(山西)
1月20日	《煮妇》	宋雨(新疆)
1月21日	《地平线》	无用(陕西)
1月22日	《炸药包》	阿嚏(甘肃)
1月23日	《日本》	游若昕(福建)
1月24日	《台风过后》	张致臻(福建)
1月25日	《优秀快递员》	陈放平(重庆)
1月26日	《烟》	永俊艳(云南)
1月27日	《南国》	星尘小子(海南)
1月28日	《生计》	马金山(广东)
1月29日	《父亲去世后的第三天》	大友(江苏)

1月30日	《最忘不了的》	隐形鸟（广东）
1月31日	《无题》	梅丹理（美国）
2月1日	《黑白照》	李勋阳（云南）
2月2日	《高手》	笨笨.S.K（陕西）
2月3日	《男女平等》	蒋彩云（广西）
2月4日	《一只羔羊》	庞华（江西）
2月5日	《天葬台》	曲有源（吉林）
2月6日	《我决定怀念他》	魏晓鸥（陕西）
2月7日	《无题》	林紫（湖北）
2月8日	《喜欢和欢喜》	江睿（重庆）
2月9日	《乌鸦》	谯达摩（北京）
2月10日	《李贺》	王含玥（四川）
2月11日	《忧伤》	诺尔五萨（四川）
2月12日	《姐姐说》	草木心（山东）
2月13日	《无题》	沈熙雯（广东）
2月14日	《自由》	从容（广东）
2月15日	《丁字裤》	蒋涛（北京）
2月16日	《脚气》	江湖海（广东）
2月17日	《可爱的病人》	湘莲子（广东）
2月18日	《意外》	易小倩（北京）
2月19日	《童工》	张小云（北京）
2月20日	《一下子冒出很多人》	原音（江苏）
2月21日	《夜》	图雅（天津）
2月22日	《无题》	罗官员（云南）
2月23日	《乡村公路》	高歌（山东）
2月24日	《热带雨林中河上的一个字》	宋壮壮（北京）
2月25日	《尿急》	陈亚美（北京）
2月26日	《家外》	钟海潮（广东）
2月27日	《懒人国》	琳琳（广东）
2月28日	《童话》	马非（青海）
3月1日	《第七感觉服装店》	唐突（湖北）
3月2日	《狗年来了》	周鸣（浙江）
3月3日	《团圆》	冈居木（山东）
3月4日	《岩兰草》	里所（北京）

3月5日	《冬天的乐曲》	李伟（天津）
3月6日	《1960年代的乡村》	陈衍强（云南）
3月7日	《答案》	洪君植（美国）
3月8日	《在慈云寺看见美女》	刘季（江苏）
3月9日	《失落感》	刘健（北京）
3月10日	《麦穗》	阿文（黑龙江）
3月11日	《本命年》	叶子（陕西）
3月12日	《父亲的朋友》	全京业（吉林）
3月13日	《彩色记忆》	李海泉（陕西）
3月14日	《惊闻》	普元（广东）
3月15日	《蓝》	姜馨贺（广东）
3月16日	《化妆》	姜二嫚（广东）
3月17日	《美好的未来》	唐欣（北京）
3月18日	《不再》	聂权（北京）
3月19日	《对联》	蔡喜印（湖北）
3月20日	《晚餐》	莫渡（甘肃）
3月21日	《怀旧色》	小麦（甘肃）
3月22日	《拆》	海青（山东）
3月23日	《中国现象》	白立（陕西）
3月24日	《孟母计划》	大九（内蒙古）
3月25日	《有一年我流落街头》	刘斌（陕西）
3月26日	《老狗》	茗芝（广东）
3月27日	《爬坡机器人》	袁源（陕西）
3月28日	《寻人启事》	韩敬源（云南）
3月29日	《复活》	杨艳（福建）
3月30日	《信任》	西毒何殇（陕西）
3月31日	《早》	王有尾（陕西）
4月1日	《羊的分身术》	叶臻（安徽）
4月2日	《特拉维夫超市里的恐怖瞬间》	吴雨伦（北京）
4月3日	《积水潭》	侯马（北京）
4月4日	《归宿》	伊沙（陕西）

附录二 《新世纪诗典》第七届年度(2017)大奖与荣誉

一、《新世纪诗典》2017年度大奖——第七届 NPC 李白诗歌奖

成就奖：唐欣

金诗奖：游若昕

银诗奖：游连斌

铜诗奖：莫沫（秘鲁）

特别奖：蒋雪峰

评论奖：赵立宏

翻译奖：梁余晶（新西兰）

推荐奖：西毒何殇

文化奖：黄海兮

入围奖：双子、何训田、张鲁

二、《新世纪诗典》第七届年度（2017）荣誉——"中国十大诗歌省区"

北京、广东、陕西、山东、天津、内蒙古、四川、上海、福建、云南

三、《新世纪诗典》2017年度"中国十大魅力诗人"

黄依、江湖海、苇欢、游若昕、马非、李勋阳、西毒何殇、伊沙、侯马、张明宇

附录三 第七届『NPC 李白诗歌奖』授奖辞与受奖辞

《新世纪诗典》2017 年度大奖
——第七届 NPC 李白诗歌奖授奖辞与受奖辞

唐欣授奖辞：

他是一名隐士，大隐隐于都，大隐隐于中国现代诗第一线，四十年如一日，从未缺席，始终在场。他是唯一一位从前口语贯穿到后口语的杰出诗人。每一个十年，他都不是最耀目最有标志性的人物，但都不事张扬地写出了优秀的诗篇，其诗是建设中的中国现代文明的结晶，特授予《新世纪诗典》2017 年度大奖——第七届"NPC 李白诗歌奖·成就奖"。

唐欣受奖辞：

"君不见黄河之水天上来，奔流到海不复回。"人生如斯，艺术亦然。但是，李白和诗歌永恒。感谢新诗典和伊沙，我深深感受到大奖的重量。诗歌乃是人生之光，如果说李白如月，反映着盛唐文明的光辉，那我等后辈，也至少应该给世界带来一点光亮。诗神在上，引领我们朝向自由，但愿我也焕发出青春，和同行朋友们一道，为中国诗歌续写华章。

游若昕授奖辞：

她是一个精灵，十二岁的年纪已经把自己写进了事实上的中国现代诗歌史：她是第一个写出超儿童诗的儿童，第一个写出优秀成年诗的少女，第一个完全以成年现代诗的统一标准筛选出来的低龄诗人，从她开始，儿童诗人开始写作成人诗歌方才形成风气，她不是早熟而是天才，不是包装的产物而是诗国的精灵，特授予《新世纪诗典》2017 年度大奖——第七届"NPC 李白诗歌奖·金诗奖"。

游若昕受奖辞：

我从 2012 年开始写诗。写诗很好玩，让我开心。上《新世纪诗典》我感到很荣幸。每上一首，就给自己成长路上盖了一个美丽的印章。谢谢伊沙伯伯。谢谢《新世纪诗典》。我曾在诗中写道：我是李白的"孩子"。在我的记忆里，读的第一首诗是《静夜思》，然后读到他的《赠汪伦》《月下独酌》《将进酒》……读他的诗仿佛身临其境。在我眼里，他的诗是最好的。每年油菜花开的时候，四川江油都要举办新世纪诗典诗会。在李白故里，我仿佛看见李白诗中的每一个字。在李白故里念诗时，感觉喉咙里发出的不是我的声音，而是李白的声音。写诗就是要写生活。我要坚持写，只有不断写，才能把诗写好。谢谢。

游连斌授奖辞：

他是一位公仆：女儿的公仆、家庭的公仆、社会的公仆、诗歌的公仆。《新诗典》诗人们亲切地称之为"游馆长"——是的，他"图书馆馆长"的义工工作加大了《新诗典》的纵深与厚度，又因女儿的光芒太过耀眼，几乎叫人注意不到他的诗，事实上其诗不断精进，诗意纯正，风格鲜明，富含人文精神，是后发现的七零后诗人中颇具实力的一位，特授予《新世纪诗典》2017 年度大奖——第七届"NPC 李白诗歌奖·银诗奖"。

游连斌受奖辞：

感谢伊沙老师！感谢新世纪诗典！1 月 3 日，当伊沙老师宣布我获奖时，我头脑一片空白，不知道该说什么。我总觉得李白诗歌奖于我是遥不可及的。当天傍晚，我在微信上说："诗魂在上，诚惶诚恐"。事实上，到今天，我依然诚惶诚恐。我深知，有更多更优秀的新诗典诗人比我更配得上这份荣誉。诗歌于我，是对自由的追求，对尊严的维护。但我诗才有限、诗艺不精，又常常受制于俗务，尚未写出理想的诗篇。好在诗路漫漫，我心赤诚。有李白诗魂引领,有新诗典伟大熔炉淬火,我坚信我之诗艺将不断精进,假以时日,我将努力写出对得起这份殊荣的诗篇。再次感谢!

莫沫授奖辞:
她是一只候鸟,一只逐文化而居的候鸟。她出生于秘鲁,从小由于家庭原因,长大后由于职业原因,变成一个不断迁徙的世界公民,连母语都变得模糊不清,但却精通四种语言,其中就包括中文,更加难能可贵的是,她可以直接用中文写诗、写小说,并且都写得相当出色。她似乎在做着用非母语写诗的极限实验,用中文来做,是中国现代诗之幸,特授予《新世纪诗典》2017年度大奖——第七届"NPC李白诗歌奖·铜诗奖"。

莫沫受奖辞:
今年过完元旦不久我收到国内的一些微信,祝贺我得了《新世纪诗典》2017年度大奖——第七届"NPC李白诗歌奖·铜诗奖"。惊讶、感激和感动之余我认为这个奖是今年我收到的一个最好的礼物,这将鼓励我继续写汉语诗,继续与中国诗人交流,我非常珍惜。所以,我先说声:"谢谢!"在北京做记者十余年,汉语是我了解中国社会和文化的工具,但它也变成了我的一个很好的桥梁。自从用汉语写作以来,我与国内的人们的交流逐渐扩大、加深。我一直喜欢中国文学和诗歌,但直接影响我、启发我写作的是中国当代诗歌,特别是中国当代诗歌中的民间诗歌。我喜欢民间诗歌的当代性、先锋性和语言的简洁,以及民间诗歌的人性和社会性。民间诗歌对我的影响不仅限于语言和内容,民间诗歌还有非常活跃的交流空间,从许多大大小小的活动,到网络和微信平台,这些给了我一个可以直接与诗人接触认识和交流的机会。作为记者我写过许多报道,但这些报道发表在国外,写汉语诗可以让我记录和传达我个人对中国以及汉语的经历和体验,虽然我暂时离开了北京,居住在法国,但我带走了汉语,感觉距离只是一个概念。在远方我会继续与汉语相伴。有你们的鼓励,有《新世纪诗典》的鼓励,我何乐不为呢?

蒋雪峰授奖辞:
他是一名道士,四川江油李太白道观的道长,道行颇深,功夫了得,但是李白名大压死人,名刹院深灯下黑,他反被当代诗林忽略甚深,直到云开日出华山论剑,天下英雄会盟《新诗典》,方显高手本色,特授予《新世纪诗典》2017年度大奖——第七届"NPC李白诗歌奖·特别奖"。

蒋雪峰受奖辞:
江油是我的出生地。我在李白故里江油写诗三十多年了,诗龄比工龄长。诗仙如明镜高悬,故对诗歌一直心怀敬畏,潜意识也隔绝物欲世界的洪荒。当怎么写、如何发现事实诗意,成为问题的时候,我在《新诗典》找到了方向感。感谢伊沙,感谢《新世纪诗典》授予我李白诗歌奖特别奖。我把这个奖,理解为对"江油诗群"所有不辱没这块土地、独立坚持内心写作诗人们情深意重的理解和鼓励。我以与你们——这个世界真正的中国诗人,生活在同一个时代为荣!

赵立宏授奖辞:
他是一名绅士,绅士风度并非只存在于男对女,还存在于诗人对同行,能够连续两年如一日坚持不断点评同行作品,并且是以专业的态度、精准的把握、规范的评语、较高的质量,堪称"绅士",就是我们东方人所说的"君子",特授予《新世纪诗典》2017年度大奖——第七届"NPC李白诗歌奖·评论奖"。

赵立宏受奖辞：

向《新世纪诗典》和主持人伊沙先生致敬！这是我平生获得的第一个诗歌奖项。我在《新诗典》，完成了由诗人到诗评家双重身份的转换和确立，感到无比的荣幸和自豪。在对每一首好诗做出自己落日般庄严解析的同时，深感新诗典正在创造浩浩荡荡的现代中文诗歌大观。感恩《新诗典》，感恩能与这个时代最好的诗人们同行。

梁余晶授奖辞：

他是一名传教士，身居天涯海角新西兰，却将中国的诗教——中国正在进行中的现代诗作品传遍世界，他不但能精准有效地译出这些作品，还能将其译文遍发欧、美、澳等三大洲名刊，终将二十九位《新诗典》诗人结集为《零距离》在美国夏威夷出版，特授予《新世纪诗典》2017年度大奖——第七届"NPC李白诗歌奖·翻译奖"。

梁余晶受奖辞：

感谢《新世纪诗典》及主持人伊沙授予我李白诗歌奖翻译奖，这也是本人多年来在写诗、译诗方面的第一个奖，自然意义非凡。既然是奖给中诗外译，我就顺便统计一下，发现我目前出版的英译还不到二百首（译过未出版的远不止）。因而这个奖更像是起点，而非终点，从《零距离》出发，走向更远的距离。好消息都在路上，我很好奇第二个翻译奖会是什么。

西毒何殇授奖辞：

他是一名勇士，在中国编一本诗选竟然需要勇气、勇敢——这没什么大惊小怪，属于常识的范畴，要敢于选（那些名不见经传的好诗人），要敢于不选（那些有权有势有名的坏诗人），他在《中国先锋诗歌地图·陕西卷》中做到了，因此成为"中国先锋诗歌地图丛书"中最好的一本，编一本好书就是最好的推荐，特授予《新世纪诗典》2017年度大奖——第七届"NPC李白诗歌奖·推荐奖"。

西毒何殇受奖辞：
在人类社会所有的美好品质里，只有公正最值得赞美，因为它不是向往，而是结果，公正与否，不在于你说什么，而在于你做了什么，这也是《新世纪诗典》之所以能在七年多的时间里，颠覆中国诗坛秩序的根本所在。感谢新诗典和伊沙，授予我以李白命名的推荐奖，这不仅是对我编辑业务的肯定，也是对我个人品质的赞誉，更是把一支月光般的利刃悬在我的头顶，鞭策我以更端直，更坚硬的方式坦荡前行。

黄海兮授奖辞：
他是一名居士，且是大乘佛教的居士，不听其言只观其行：他是那种有一个馍馍就要掰一半分给别人的人，如今他有一座庭院时就分一半给他人去住，他的文学生涯始终与公益事业相伴，已出两辑的《新诗典诗丛》不过是瓜熟蒂落的结果，特授予《新世纪诗典》2017年度大奖——第七届"NPC李白诗歌奖·文化奖"。

黄海兮受奖辞：
谢谢伊沙先生主持的《新诗典》平台。他把这一卓越影响的"第七届新世纪诗典李白诗歌奖·文化奖"颁给我，我感到十分荣幸。因为这个奖的背后承载的是伊沙先生的诗歌道义和诗歌声誉，但从我个人来讲，是伟大的朋友伊沙之于我的信任。所以我无论从哪个角度去阐发这次获奖的事都是对我的一次考验和洗礼，但我乐意接受伊沙个人的这份沉甸甸的鼓励和感动。对我来说，只有写诗才能无所不能地表达出我生活的日常。就写诗于我来说，多写就是一种先锋，日常表达则是另一种先锋。所以，生命不止，写诗不止。我努力将这种诗歌先锋精神进行到底。再次感谢伊沙先生和他伟大的朋友们。

附录四 我们的足迹：《新世纪诗典》系列诗会

第 1 场　"阳光照在需要它的地方"北京诗会　2011 年 9 月　北京师范大学

第 2 场　首届年度大奖颁奖礼暨"小春天"广州诗会　2012 年 3 月　广州广东省立图书馆

第 3 场　"我在什么地方打动了你"长安诗会　2012 年 5 月　西安外国语大学

第 4 场　《新世纪诗典（第一季）》首发式暨"诗歌的盛宴"朗诵会　2012 年 12 月　北京红方剧场

第 5 场　"火焰与词语"万邦诗会　2013 年 1 月　西安万邦书城

第 6 场　第二届年度大奖颁奖礼暨惠州诗会　2013 年 3 月　广东省惠州市惠州宾馆

第 7 场　第六届珠江国际诗歌节西安站暨《新世纪诗典》朗诵会　2013 年 10 月　陕西师范大学

第 8 场　第三届年度大奖颁奖礼暨李白故里朗诵会　2014 年 3 月　四川省江油市李白纪念馆

第 9 场　新世纪诗典、长安诗歌节端午诗歌朗诵会　2014 年 6 月　陕西师范大学

第 10 场　"对影成诗人"新世纪诗典、长安诗歌节中秋诗歌朗诵会　2014 年 9 月　长安大学

第 11 场　"诗歌让我们成为更好的人"广西 - 越南诗会　2015 年 1 月　千年传说动漫集团有限公司

第 12 场　"越南的忧郁"越南下龙湾诗会　2015 年 1 月　下龙湾市海滨咖啡馆

第 13 场　"汉字像一些精灵"《新世纪诗典（第三季）》首发式朗诵会　2015 年 3 月　北京师范大学

第 14 场　"维也纳之夜"奥地利维也纳诗会　2015 年 3 月　维也纳市 1 区修道院

第 15 场　第四届年度大奖颁奖礼暨李白故里朗诵会　2015 年 4 月　四川省江油市李白纪念馆

第 16 场　新世纪诗典、长安诗歌节"端午诗会"暨"长安诗人

风骨"-伊沙、秦巴子书法展　2015 年 6 月西安　会展中心青曲文化

第 17 场　新世纪诗典李白诗歌奖金奖礼暨"古塘之夜"朗诵会 2015 年 6 月　北京古塘咖啡馆

第 18 场　"崆峒山诗会"（含李白诗歌奖首届翻译奖颁奖礼）2015 年 8 月　甘肃省平凉市广成大酒店

第 19 场　长安"金秋诗会"暨"诗眼"新诗典诗人视觉艺术展，2015 年 10 月　西安国际会展中心

第 20 场　"南行记 · 新世纪诗典桂新马泰国际诗会南宁站"朗诵会　2016 年 1 月 19 日　南宁　千年传说公司

第 21 场　"南行记 · 新世纪诗典桂新马泰国际诗会曼谷之夜" 2016 年 1 月 21 日　泰国　曼谷玉桂酒店

第 22 场　"南行记 · 新世纪诗典桂新马泰国际诗会芭提雅场"2016 年 1 月 23 日　泰国芭提雅迈克花园酒店咖啡厅

第 23 场　"南行记 · 新世纪诗典桂新马泰国际诗会素那万普机场国际区专场"　2016 年 1 月 25 日泰国原眼镜蛇王机场

第 24 场　"南行记 · 新世纪诗典桂新马泰国际诗会新加波场" 2016 年 1 月 25 日　新加坡新海山海鲜餐厅

第 25 场　"南行记 · 新世纪诗典桂新马泰国际诗会马六甲场"2016 年 1 月 26 日 Bayou Lagoon Park Resort 酒店

第 26 场　"南行记 · 新世纪诗典桂新马泰国际诗会云顶娱乐城场"　2016 年 1 月 27 日马来西亚云顶娱乐城

第 27 场　"南行记 · 新世纪诗典桂新马泰国际诗会吉隆坡场"2016 年 1 月 28 日　吉隆坡 水晶皇冠酒店

第 28 场　"南行记 · 新世纪诗典桂新马泰国际诗会南国猴年迎春诗会"　2016 年 1 月 29 日　南宁　千年传说动漫集团公司

第 29 场 "磨铁之锋"新世纪诗典"700 人之夜"诗歌朗诵会 2016 年 3 月 25 日 北京磨铁图书公司

第 30 场 第五届年度大奖颁奖礼暨李白故里朗诵会 2016 年 4 月 23 日 四川江油李白纪念馆

第 31 场 珠海"渔歌蚝情朗诵会暨长安诗歌节"225 场 2016 年 2 月 27 日 珠海渔歌蚝情文化主题餐厅

第 32 场 "韩国国际诗会"第一场暨"磨铁读诗会第三场" 2016 年 7 月 7 日 北京德胜门外

第 33 场 "韩国国际诗会"第二场 2016 年 7 月 8 日 韩国首尔中国文化中心

第 34 场 "韩国国际诗会"第三场暨长安诗歌节第 242 场 2016 年 7 月 10 日 首尔首都大酒店大堂

第 35 场 "韩国国际诗会"第三场暨葵之怒放诗歌节首尔场 2016 年 7 月 11 日 首尔 maboo 咖啡馆

第 36 场 青海诗会"天下黄河贵德清"暨长安诗歌节第 244 场 2016 年 8 月 7 日 青海贵德黄河边

第 37 场 青海诗会"金银滩诗会" 2016 年 8 月 8 日 青海金银滩草原帐篷

第 38 场 青海诗会"草原之夜 青海湖与原子城"十分钟限时同题诗会 2016 年 8 月 8 日 金银滩草原帐篷

第 39 场 长安诗歌节第 248 场"中秋诗会暨《当代诗经》朗诵会"2016 年 9 月 11 日 西安交大人文科学院

第 40 场 新诗百年研讨会暨"诗耀泉城"朗诵会 2016 年 12 月 8 日-10 日 济南市山东书城

第 41 场 新诗典"北京初春选诗会"暨"磨铁读诗会第 5 场" 2017 年 3 月 11 日 北京

第 42 场 新世纪诗典第六届年度大奖颁奖礼暨李白故里朗诵会 2017 年 5 月 5-7 日 四川江油李白故里

第 43 场 诗意两江·新世纪诗典重庆诗会 2017 年 5 月 31 日-6 月 2 日 重庆两江新区

第 44 场　新世纪诗典韩国首尔诗会　2017 年 7 月 21 日　韩国首尔

第 45 场　新世纪诗典天津滨海诗会　2017 年 7 月 27 日　天津

第 46 场　常常听见远方的声音　山水惠州新世纪诗典诗会暨 00 后诗人海滨诗赛　2017 年 8 月 25 日 -28 日　广东惠州

第 47 场　新世纪诗典鄂尔多斯专场诗会　2017 年 9 月 23 日　内蒙古鄂尔多斯

第 48 场　新世纪诗典诗人西双版纳－老挝行－西双版纳勐宋场　2018 年 2 月 2 日　云南

第 49 场　新世纪诗典诗人西双版纳－老挝行－云南西双版纳雨林六幢场　2018 年 2 月 3 日　云南

第 50 场　新世纪诗典第 50 场"2500 首之夜"孟河宾馆场　2018 年 2 月 5 日　老挝

第 51 场　新世纪诗典诗人西双版纳－老挝行－老挝乌多母赛场　2018 年 2 月 6 日　老挝

附录五 《新世纪诗典》义工团队

主持人、编选者：伊沙

理事长：沈浩波

责任编辑：湘莲子

特约评论家：徐江

特约翻译家：维马丁（奥地利）

特约翻译家：洪君植（美国）

特约翻译家：梁余晶（新西兰）

特约翻译家：郭美兰（韩国）

特约翻译家：苇欢

特约美术师：李异

特约美术师：李伟

资料馆馆长：游连斌

互动召集人：蒋涛

活动总监：西娃

豆瓣主管：李勋阳

微信推广人：纪彦峰

微信操盘手：宋壮壮

特约记者：李振羽

《诗潮》"典中典"编辑：唐果

特约朗诵家：高歌

特约朗诵家：君儿

特约统计员：杨艳

外联部主任：左右

特约编辑：张明宇

特约音乐编辑：唐突

图书在版编目（CIP）数据

新世纪诗典. 第七季 / 伊沙编. —
北京：中国青年出版社, 2018.11
ISBN 978-7-5153-5399-9

Ⅰ.①新… Ⅱ.①伊… Ⅲ.①诗集—中国—当代
Ⅳ.①I227

中国版本图书馆CIP数据核字(2018)第254502号

策划出品：磨铁读诗会
责任编辑：彭明榜
监　　制：里　所
特邀编辑：修宏烨　李柳杨
封面设计：周伟伟
版式制作：书情文化

中国青年出版社 出版 发行
社址：北京东四 12 条 21 号
邮政编码：100708
编辑部电话：（010）64011190
河北鹏润印刷有限公司印刷　新华书店经销

635mm×965mm　1/16　26.5 印张　440 千字
2018 年 11 月北京第 1 版　2018 年 11 月河北第 1 次印刷
定价：65.00元

磨铁读诗会